JN304476

鼠、闇に跳ぶ

赤川次郎

角川文庫
17449

目次

鼠、八幡祭に断つ

祭

じき、月が昇ろうという時刻。

いつもなら人通りもそろそろ減ってくるころだが、今日ばかりは……。

「こんなときに出歩かなくたって」

と、次郎吉《じろきち》はこぼした。「どうだい、この人出は」

「私のせいじゃないわ」

と、妹の小袖《こそで》があっさりと言った。「八幡《はちまん》様を恨んでよ」

深川《ふかがわ》の八幡祭。

江戸っ子は祭が大好きだ。

それにしても、押すな押すなの混雑に、次郎吉は、いい加減いやけがさして、

「お前一人で行って来い。俺は帰って寝るよ」

と、足を止めた。「大川端《おおかわばた》はまたえらい人だろう」

「誰も一緒に来てなんて頼んじゃいないわよ」

と、小袖は澄まして、「ゆっくりおやすみなさい」

「永代《えいたい》の辺りは、また凄《すご》いな」

と、次郎吉は先を見越して、「おい、スリに用心しろよ」・

小袖が思わず笑いを洩《も》らして、

「兄さんに言われるのも妙だわね」

通称「甘酒屋の次郎吉」で通っている遊び人の兄だが、夜中ともなれば屋根瓦《がわら》を身軽に渡って、〈鼠《ねずみ》〉と呼ばれる盗《ぬす》っ人《と》である。

「好きにしろ」

次郎吉は妹と別れて、少し戻りかけたが……。何とはなしに気がかりで、また足を止めて振り返った。

一体どこからこんなに人が出て来たのか、と思う混雑ぶり。道でも人の割り込む間のないほどだが、もう少し行って大川にかかる永代橋では、人の流れが更に絞られて押し合いへし合いしていよう。

「大川へこぼれて落ちなきゃいいがな……」

と、次郎吉は呟《つぶや》いた。

小袖は、人の流れに逆らわず、フラフラと左右へ揺れながら、永代橋へ向って歩いていた。

こんな時、急いでも下駄《げた》を失《な》くすぐらいが関の山だ。

八幡祭で待ち合せるのが無謀と言われればその通りだが、相手は恋人ではない。恋人なら、次郎吉同様、引き返して、相手に待ち惚《ぼう》けを食らわしてやるのだが、待っているのは、小袖の通う小太刀《こだち》の道場主の一人娘。

女中は連れているが、

「もし、ならず者に絡まれでもしたら」

と、父親が心配して、小袖に頼んで来たのだった。

用心棒とは色気のない話だが、師匠の頼みとあっては断るわけにもいかず、こうして出かけて来た。

「おい、どうした！」

と、少し先で声が上った。

「何だって止るんだよ」

人の流れが止ったのである。

せっかちなのが、

「進まねえとはり倒すぞ！」

と、文句を言っている。

その内、話が伝わって来た。

「橋止めしてるんだ」

「この人出なのにか？　べらぼうめ！」

橋を渡らせない、ということだ。

「一橋《ひとつばし》様のお船が通るんで、待ってってよ」

という声に、「ああ」「やれやれ」と、方々で声が上った。

永代橋は、下を船が行き来するので、中央は高く、弓のように弧を描いた造りである。

その下を一橋公の船がくぐる。町人がその船を見下ろしてはまずい、ということだろう。

焦っても仕方ない。小袖は少し人の流れの端へ寄って立っていたが――。

ただやみくもに歩くのと、何か目指すものがあって歩くのでは、人の動きが違うものだ。

小袖は、斜め後ろから近付く人の気配に、ふっと用心した。こいつはもしかすると、兄次郎吉の心配が当っていたかもしれない。

「ごめんなさい」

と、その小柄な体が小袖の前へと割り込んで来て、左から右へ抜けようとした。

小袖の手が、細い手首を素早くつかんだ。

小袖の懐から財布を抜こうとしていた手である。

ハッとして振り向いたのは、髪を短く切ってはいるが、まだ十三、四の娘だった。

「離してよ！」

と、逃れようとするが、小袖はだてに小太刀の修練を積んでいない。

「こっちへおいで」

と、小袖はその娘の手を引張って、大店《おおだな》の軒下へ連れて行った。

「堪忍してよ。――もうやらねえからさ」

とてもかなう相手ではないと分ったのだろう、哀れっぽく拝んでみせて、「ね、この通り」

「仲間は？」

「そんなもん、いねえよ」

そのとき……。

ざわめき、騒ぐ声が遠くで上って、次郎吉は耳を傾けた。

何かあったな。――ただの騒ぎにしては、声の調子が高く、叫び声が混っている。

次郎吉のいる場所からは見えないが、永代橋の方で人が怒鳴ったり叫んだりしているのが聞こえて来た。

そして、騒がしさを縫って、ひと声、

「永代が落ちた！」

と、誰かが叫んだ。

続いて、

「橋が落ちた！」

「永代橋が落ちたぞ！」

次々に声が上り、次郎吉もさすがに一瞬身動きが取れなかった。

ただ人が落ちたり、誰かが転んで重なり合って倒れたり、という危険は想像していたが、まさか、あの永代橋そのものが落ちるとは——。

本当か？　本当に橋が落ちたのか？

悲鳴が重なって聞こえて来た。ただごとではない。

「小袖！」

次郎吉は駆け出した。

しかし、すぐに人の壁にぶつかって進めなくなる。人の波は行き場を失って、どっちへ揺れるか分らなくなっている。

次郎吉は、軒下の大八車に足をかけて、屋根のへりへ取り付くと、瓦の上に飛び乗った。

瓦の上を駆け抜けて、永代橋の見える所まで来た。

人の群れが橋に向って続き、そしてポカッと闇が口を開けていた。

橋の中央が無くなっている！

「助けて！」

という叫び声は、川面《かわも》から立ち上って来て、それも十や二十ではない。

「えらいことだ……」

さすがに次郎吉も膝《ひざ》が震えた。これほどの惨事を目の前に見ているのが信じられなかった。

もし、小袖がこの橋の上にいたら……。

いくら次郎吉でも、どうすることもできない。

「戻れ！――押すな！」

橋の上の人波がジリジリと、橋のたもとへ押し返して来る。

しかし、どれだけの人が大川へ落ちたか、見当もつかない。

そのとき、小石が一つ、次郎吉の足下の瓦にカランと音を立てた。下を見ると、月明りに、小袖が手を振っているのが見えた。

「やれやれ……」

次郎吉は安堵《あんど》の息をついて、屋根伝いに橋から離れた。

道へ飛び下りると、ほどなく小袖が人を分けてやって来た。

「兄さん……」

「息が止るかと思ったぜ。橋まで行き着いてなくて何よりだったな」

「本当に落ちたの？」

「ああ。橋の真ん中がスッポリ抜けてる。夜だしな、溺《おぼ》れる者が多かろうぜ」

「何てこと……。でも兄さん、人目があるのに、あんな真似して！　見る人が見りゃ、盗《ぬす》っ人《と》だと分るわよ」

「お前の身が心配だったんだ。それどころじゃねえ」

と、次郎吉は顔をしかめて、「それに、みんな橋の方を見てて、気が付きゃしねえさ」

「でも――助かったわ。スリのおかげで」

「スリだって？」

「まだ子供の女の子のスリでね。捕まえて説教しようとしたんで、橋に行く人の流れから外れたのよ」

「そうか。そのスリはどうした？」

「橋の騒ぎに気を取られてる内に逃げちゃった」

「何が幸いするか分らねえもんだな……」

と、次郎吉はしみじみと言って、「これじゃ、大方お前の先生の娘も引き上げてるだろう。俺たちも戻ろう」

と、小袖を促した。

「そうね。私たちじゃ、どうにもできないわね」

「下手にこの辺をうろついてたら、また騒ぎに巻き込まれねえとも限らねえからな」

二人は長屋へと歩き出したが……。

「兄さん……。どれくらいの人が亡くなったかしら」

と、小袖が言った。

「さあな……。あの様子じゃ、たぶん百人は下らないだろう」

それきり、二人は無言で夜の道を辿《たど》って行った……。

傷

翌日、昼少し前に次郎吉が起き出してみると、長屋の中はもちろんゆうべの永代橋の話でもちきりだった。

「やあ、次郎吉さん」

と、同じ長屋の貸本屋に早速つかまって、「ゆうべ永代がよ――」

「知ってる」

「何だ、そうか」

そこへ小袖が戻って来て、

「やっと起きたの、兄さん」

「ああ。どこへ出かけてた」

「町の様子を見に」

「物好きな奴だ」

次郎吉は井戸端で顔を洗った。

「——どこの長屋も、誰かゆうべ帰らない者はないか、って大騒ぎしてるわ」

と、小袖は言った。

「ここは何とか、巻き込まれた奴がいなくて良かった」

次郎吉は手拭《てぬぐ》いで顔を拭《ふ》くと、「——いないんだろ？」

と、念を押した。

誰もが互いを確かめるように顔を見合せていたが——。

「お米《よね》さんがいないわ」

と、女の一人が言った。

「お米さんって？」

「ほら、宗助《そうすけ》さんが引越してったろ？　あの後へ越して来たんだよ。といっても、まだ二、三日前だけど。――次郎吉さんは会ってないんだね」

「そりゃ知らなかった。ここへは一人で？」

「妹と二人だったよ」

と、別のおかみさんが言った。「妹の方はまだ十二、三だったかねえ。何とかいった……。お千代《ちよ》ちゃん……だったかしら」

自信なげではある。

「で、二人ともいないのかい」

と、次郎吉は訊《き》いた。

「だと思うけどね。朝から、うんともすんとも言わないよ」

「小袖、ちょっと戸を叩《たた》いてみろ」

「そうね。私も、誰か越して来たのは知ってたけど、まだ顔は……」

小袖は、長屋の奥の一軒の戸口に立って、

「お米さん？――お米さん、おいでですか？」

と呼びかけたが、返事はなく、「入りますよ……」

ガタつく戸を開けて中へ消えたが、すぐに出て来て、

「いませんね、どなたも」

「そんな年の妹がいちゃ、ゆうべは祭にくり出してもおかしくはないね」

と、次郎吉は言った。「ひょっとすると……」

「大家さんに話しといた方がいいかしら」

と、小袖がちょっと髪へ手をやりながら言ったときだった。

ガラガラと大八車の車輪が長屋へ入って来る音がして、

「まあ！　まさか……」

と、おかみさんたちの一人が、手を口に当てた。

くたびれ切った様子の同心が一人付き添って、人足風の男たち数人、大八車の上には、明らかに人と分る、むしろをかぶせて荒縄でくくりつけた「荷」が載っていた。

「この長屋で、今朝戻らぬ者はいるか」

と、その同心は、げっそりとやつれた顔で言った。

「――はい、最近ここへ越して来た人が」

と、おかみさんの一人がおずおずと答える。

「この女か、顔をあらためろ」

なで肩で、まだずいぶん若い同心である。

大方、ゆうべの騒ぎで叩き起こされ、ずっとこき使われているのだろう、と次郎吉は思った。

「じゃ、私が顔は一番よく分ると思うから……」

隣のおかみさんがこわごわ大八車へ寄って行くと、人足がむしろをめくった。

みんな目をそらしたが、次郎吉はじっとその濡《ぬ》れた女の死に顔を見ていた。

「――お米さんだよ」

と、確かめて、「可哀そうに。妹さんもこうなったのかねえ」

「お米といったか」

同心はホッとした様子で、「助かった！　これで長屋も四つ目だ。――ここの家主は誰だ」

ともかく、次郎吉としては初対面だが、手伝って家の中へ運び込み、薄っぺらな布団に寝かせた。

「旦那《だんな》」

と、次郎吉はその同心へ、「昨夜は、どれくらいの人が亡くなりなすったんで」

「さあ……。まだ大勢浮いていて、見当がつかん。三百か四百か……」

「まあ……」

と、声が洩《も》れる。

しかし、次郎吉は上り込んで仏をまじまじ見つめると、

「旦那」

と、同心の方へ、「俺も水死人は見たことがあるが、この顔はどうも違うように思いますがね」

同心はけげんな顔で、

「しかし、今朝方大川端へ流れついたのだぞ。他に何だと――」

「小袖。仏にゃすまねえが、着物を脱がしてみてくれ」

「私がやるの？　ま、兄さんじゃ仏もいやがるかしらね……」

「おい、お前――」

お米の死体をうつ伏せにして、帯を解《ほど》くと、

「肩口に傷が」

と、小袖は言って、背中を出した。

次郎吉は見下ろして、

「やっぱりな。――旦那、ご覧なさい」

同心は上って、気の進まない様子で見下ろすと、

「刀傷だな」

背中を斜めにざっくりと切られている。

「川へ落ちたときには、もう死んでいたんだ。これは殺しですよ」

「しかし……」

「誰だか、このお米さんを殺した奴は、永代の騒ぎを知って、今ならどさくさに紛れて水死人の一人と思われるだろうと、川へ投げ込んだんでしょう」

同心は顔をしかめて、

「今は、そんな吟味をしている暇《いとま》はない。ともかく……」

と言いかけると、小袖が、

「兄さん、この人――」

と、帯を解いたお米の体を見て、「身ごもってなすったのよ」

「そうじゃないかと思ったわ」

と、隣のおかみさんが、「つわりのようでね。夜中に吐いたりしてたから」

小袖はお米に着物をきちんと着せ、帯を締め直すと、

「お調べになりますんでしょう」

と、同心に訊いた。

「そうだな。しかし……」

若い同心は頭をかいて、「放っとくわけにもいかんか……」

次郎吉は、こんなときながら、その同心のことがおかしくなった。正直と言えば正直。面倒だが、調べなくてはならないとは思っているようだ。

そこへ、

「お姉ちゃん?」

戸口に、女の子が立っていた。

「千代ちゃん。あんたは無事だったのね! お姉ちゃんは——死になすったよ」

隣のおかみさんに言われて、ポカンとしながら、外から裸足《はだし》のまま入って来て、

「お姉ちゃん……」

と、お米のそばへ来て、ペタッと座り込んだ。

「まあ……」

と、小袖が目を見開いて、「兄さん、この子……。ゆうべ、私はこの子のおかげで
……」

次郎吉が小袖を見る。小袖は小さく肯《うなず》いてみせた。

これがスリの娘か。——どうやら、姉も妹も、いわくのありそうな姉妹だ。

「お姉ちゃん……」

千代というその娘は、顔が見る見る歪《ゆが》んで、ワッと姉の上に突っ伏し、声を上げて泣き出したのだった……。

弔いといっても、やって来た坊主は読経《どきょう》も早々に、

「何しろ、永代で死んだ者が多くてな……」

と、次へと回って行ってしまう始末。

結局、次郎吉と小袖が「長屋の一同」の代りという形で、お米を近い寺へ葬ることになった。

「お前、身寄りは？」

と、次郎吉が訊《き》くと、千代は半ば放心したように元気ない声で、

「ずっと姉ちゃんと二人だよ」

と、うつむいたまま言った。

「そうか。じゃ、この江戸に叔父《おじ》さんとかはいねえんだな」

千代が小さく首を振る。

「さあ、これをお食べ」

小袖が握り飯を二つ、皿にのせて出してやると、千代は上目づかいに小袖を見て、

「どうして？」

と言った。

「何が？」

「私のこと知ってるのに……。放っとけばいいじゃない」

「放っといてほしい？　誰だって、放っとかれるよりは構ってほしいでしょ。特に一人ぽっちになったときにはね」

「でも……」

「そりゃあ、あの祭りの人ごみで、懐中のものを狙ったのはいいことじゃないけどさ。そのおかげで橋が落ちるのに巻き込まれずに済んだのよ。その恩返しってことね」

それでも千代は、疑《うたぐ》り深そうな目で小袖を見ていたが、腹は空《す》いていたらしく、握り飯を一口頬ばると、たちまち夢中になって食べ始めた。

それを満足そうに眺めて、小袖は、

「お米さんのこと、どうなるのかしら」

と言った。

「さあな……。あの、何だか頼りねえ同心がその内何か言ってくるんじゃないのか」

「その内って……。下手人はどこかへ逃げちまうわよ」

「いや、きっと永代の水死人と紛れて忘れられたと思ってる。それなら逃げるにゃ及ぶめえ」

次郎吉はゴロリと横になって、「こっちは目明しじゃねえんだ、下手に口出ししねえことだ」

「ちゃんとお取り調べになるのかしらね」

と、小袖はお茶を一口飲んで、「本当に頼りなさそうな同心だったものね」

すると、表の戸がガラッと開いて、

「邪魔するぞ」

当の「頼りない同心」が立っていたから、次郎吉も小袖もびっくりした。

「妹の千代というのが、ここにいると聞いてな」

と、同心は言った。「――佐伯七兵衛《さえきしちべえ》と申す。次郎吉とか言ったな」

「今も旦那《だんな》のお噂をしてたんで」

と、次郎吉は涼しい顔で、「きっとあの方がきちんと調べて下さる、とね」

「――ごちそうさま」

手と口の周りをご飯粒だらけにして、千代が言った。

「じゃ、井戸で手を洗ってらっしゃい。お口の周りのご飯粒もね」

言われて素直に千代が出て行くと、

「お米という女、この長屋へ来る前はどこにいたのだ？」

と、同心佐伯七兵衛が言った。

「さあ……。それはあの子に訊いて下さい」

と、小袖が言った。「ともかく、お米さんを斬ったのはお侍ですね」

「なぜそう言えるのだ？」

「あの刀傷は、短刀や脇差《わきざし》のものじゃありませんもの」

佐伯は小袖のような若い娘が、刀傷の話などするのに目を丸くしていたが、

「まあ……それはそうだな。うん、拙者もそう思っていた」

若くて、風が強く吹いたらよろけそうな佐伯が「拙者」などと言うのは、どこかおかしくさえある。

「それに、斬った後であの着物を着せてるってのは、女が手伝ってるってこってすね」

と、次郎吉は言った。

「そうね。死んだ人に、あれだけきちんと着せるのは楽じゃないわ」

小袖がそう言ったときだった。

表から、「いや！」という叫び声が聞こえて来た。子供の甲高い声。

「お千代ちゃんだわ！」

小袖と次郎吉は、ほとんど同時に表に飛び出した。

井戸端から、千代の体を小脇に抱え、浪人らしい格好の男が走り去ろうとしていた。

千代が手足をバタつかせ、もがくので、浪人は足を止めた。

小袖が足下の小石を拾って素早く投げつけると、ヒュッと笠《かさ》を切る音と共に浪人の頭に命中する。

浪人が呻《うめ》き声を上げ、千代の体を取り落とした。そして、あわてて走り出すと、出て来たおかみさんを突き飛ばして逃げてしまった。

千代が声を上げて泣き出す。

小袖は駆け寄って、

「もう大丈夫よ。──泣かないで。あんたは並の子供じゃないんでしょ」

と、あえて手もかけずに言った。

千代は小袖を見上げると、キュッと唇を結んで、涙を呑《の》み込んだ。

「そうそう。偉いね」

と、小袖が微笑む。

後から表に出て来ていた同心の佐伯は呆気《あっけ》に取られている様子。

「いや……。みごとなものだな！」

と、小袖の技に感嘆して、「見世物小屋で短剣でも投げているのか？」

と、次郎吉へ訊いたのだった……。


川べりの、一見したところ小さな船宿かとも思えそうな造りである。

辺りは少し寂しくて、日が暮れたら、狸でも出そうだ。

風呂《ふろ》帰りの、浴衣《ゆかた》に髪を長く落とした女が小走りに帰って来ると、その格子戸をガラリと開ける。

「あら、旦那。いらしてたんですか」

と、意外そうに、「昼日中に珍しいじゃありませんか」

「遅いじゃないか。いい加減煙草も喫《す》い飽きちまった」

と、煙管《キセル》を手に苛《いら》立《だ》った様子の商人は、ここに女を囲っている呉服屋の主《あるじ》の市介《いちすけ》という男。

「だって、お知らせもないんですもの。――私だってお湯ぐらい行きますよ」

と、女は口を尖《とが》らしてみせる。

「ああ、分った。俺もな、ここんとこ忙しくて……。ちょっと店を脱け出して来た」

市介は手を伸して、女の浴衣の裾《すそ》をつかんだ。

「旦那……。ちょっと待って下さいよ」

女はおふじといって、小さな料亭に出ていたのを、市介が目にとめたのである。

「あんまり時間がないんだ……。な、髪は濡《ぬ》れたままでいいから」

「もう、せっかちねえ」

と、おふじが笑って、「すぐ帰っちまうんでしょ？　養子の身は辛《つら》いわね」

「それを言うな」

市介はおふじを強引に引き寄せて、胸もとへ手を入れる。

「旦那……。せっかく汗を流して、さっぱりして来たところなのに……」

「後で行水でもすりゃいいだろ」

市介がせかせかと女の足の間へ割り込もうとすると――。ガラッと玄関の戸の開く音がして、

「ごめん」

と、声がしたので、市介はあわてておふじから離れ、

「誰だ？」

「さあ……。はい、どなた？」

おふじは裾を直しつつ出て、「あら、何かご用ですか」

「ちょっと訊《き》きたいことがあってな」

市介がそっと玄関の方を覗《のぞ》くと、

「何だ、佐伯さんですか」

「やあ、これは……。南紀《なんき》屋の市介さんか」

「こんな所で、どうも失礼を」

佐伯はおふじと市介を交互に眺め、

「あんたも、こんな所を借りる身になったのか」

「佐伯さん！　こいつは店にゃ内緒ですぜ」

と、市介は渋い顔で、「まだ、ここは借りたばっかりで」

「この家に、お米という女がいたのは知っているか」

「さあ、私は一向に……」

と、市介が首をかしげ、「ただ、何でも、先日の永代の騒ぎで死んだと聞きましたが」

「ああ、あの翌日に死体が上った」

「じゃ、やっぱり大川へ落ちて。運が悪かったんですな」

「それが水死ではなく、斬られて死んだのだ」

「へえ。——それで佐伯さんがお出ましに」

「うむ。お米をここに囲っていたのが誰か、聞いていないか」

「さて……。いちいちそんなことを訊くのも野暮だしね」

「そうか。——いや、邪魔したな」

佐伯が出て行きかけると、

「ちょっと小耳に挟みましたけどね」

と、おふじが言った。

佐伯が振り返って、

「知っているのか」

「いえ、詳しいことは……。ただ、ここの近くに小舟で魚を売りに来るおじさんがね、前にいた人のとこには、お侍が通ってなすったって、そう言ってましたよ」

「何という侍か知っているか」

「それは聞いてませんけど」

「そうか」

佐伯は、ちょっと腕組みして考えていたが、「――いや、邪魔したな」と、出て行った。

「おい……。余計なことは言うもんじゃないぞ」

と、市介はおふじをにらんだ。「係《かかわ》り合いになったら面倒だ」

「でも――そのお米って人も、やっぱりここに囲われてなすったんでしょ。斬られたなんて、可哀そうじゃありませんか」

「放っとけ。――やれやれ、何だか出鼻をくじかれちまったな」

と、こぼしたものの、それでも市介はおふじの手を取って、「仕切り直しだ。なに、店には何とでも言える。酒はあるかい」

「酔ってお店に帰るんですか？」

と、呆《あき》れたように、「後で私に当らないで下さいね」

と、念を押した。

市介は、どこか心ここにあらずといった風で、おふじが髪を直すのを眺めていた……。

裏通り

「父ちゃんは博打《ばくち》うちだったの」

と、千代が口を開いた。

「――そう」

小袖は、千代の背中を流してやりながら、ザッと水をかけた。「冷たい？」

「ううん。気持いい」

たらいの中に、やせた千代の体はスッポリと納まる。

「さあ、これで汗を流してさっぱりしたわね。――今、体を拭《ふ》いてあげるから」

小袖は、千代に浴衣を着せて、

「蚊に食われるといけないから、中に入りましょ」

小袖と親しい住職のいる寺である。

いささかさびれているが、近所の者が気軽にやって来ては、住職と世間話をして帰る。

「——やあ、大分娘らしくなったな」

次郎吉が本堂の板の間で寝そべっていた。

「兄さん、来てたの。女の行水を覗いちゃだめよ」

「見るもんか」

と、次郎吉は起き上って、「俺も大分歩いて汗をかいたぜ」

「どこをほっつき歩いてたの？」

「あの佐伯って同心の後をついて回ってた」

「どうして？」

「見かけは頼りないが、どうして真面目な奴だ。お前と姉ちゃんが前に住んでた家へ行って、そこから南紀屋へ回った」

「呉服屋ね？　今、結構商売上手で当ってるようだけど」

と、小袖は言った。「安いからって、見に行ったことはあるけど、品が良くないの。商いの心構えが良くないわね」

「無理に店を大きくするには、どこかで金を使ってるはずだな」

「私、その人、知ってる」

と、千代が言った。「お姉ちゃんにときどき文句言いに来て、そのたんびに、お姉ちゃんが泣いてた」

「南紀屋が？　そうか」

「お父ちゃんが博打で負けたお金が払えなくてどこかへ行っちゃったんで、お姉ちゃんはあの男の言うことを聞いたの」

と、千代が言った。

「ふーん。母ちゃんは死んだって言ったな。——姉ちゃんと二人でいたのに、どうしてスリなんかやってたんだ？」

「兄さん——」

と、小袖が兄をにらんだが、千代は気にするでもなく、

「お姉ちゃんは私に『堅気の仕事をするんだよ』って、いつも言ってた。でも——私のために、あんなことに……」

千代はキュッと眉《まゆ》を寄せ、泣くのをこらえているようだ。

「それで、スリの真似を？」

「私、小さいころから手先が器用なの」

と、ちょっと自慢げに、「私が稼いであげないと。お姉ちゃんと私、あそこを追い出されちゃったし」

「器用はいいけど、人さまのものをすったりするのに使っちゃだめよ」

と、小袖に言われて、千代はちょっと舌を出して首をすぼめた。

女の子らしい可愛い仕草だ。――次郎吉は少し安心した。

妙な浪人が千代をさらって行こうとしたのは、お米の死と係りがないとは思えない。

これ以上長屋に千代を置いて、長屋の者を巻き込むことは避けたいというので、小袖がこの寺へ千代を預けることにしたのである。

「――じゃ、どうぞよろしく」

小袖と次郎吉は、寺の住職に挨拶《あいさつ》して、千代へ手を振った。

長屋へ戻る道すがら、

「しかし、侍が絡んでるとなると、調べるといっても難しかろう」

と、次郎吉は言った。

「あの佐伯って人がどこまでやれるか、みものだわね」

と、小袖は言ったが、ふと足を止め、「――兄さん、刀の当る音じゃない?」

次郎吉は小袖と素早く目を見交わして、

「この向うだ」

傍《そば》の土塀を見あげると、一瞬身を沈めて、驚くばかりのしなやかな動きで飛び上った。

「――何の遺恨だ!」

刀を抜いてはいるものの、息を切らして足もよろけているのは、佐伯だった。「名

「乗れ！」

相手は三人の浪人。

簡単に斬れると分っているせいか、いたぶって楽しんでいる様子で、それが佐伯の命を救った。

瓦《かわら》のかけらがヒュッと空を切って飛んで来て、浪人の一人の額に当った。

「誰だ！」

次郎吉はフワリと道へ下り立つと、

「お役人を斬ろうってのは、ただごとじゃねえな」

「邪魔すると貴様も斬るぞ！」

一人が次郎吉に向って突き出した剣はむなしく宙を泳いで、足を払われ、前のめりに転んだ。

「足下に注意しな」

カタカタと下駄《げた》の音がして、小袖が塀の先を回って駆けつけて来た。

「佐伯さん、おけがは？」

「ああ……。面目ない！」

佐伯はホッとしたのか、よろけて尻《しり》もちをついてしまった。

「畜生！」

瓦で額を傷つけられた一人が、頭に血が上った様子で、小袖に向って刀を振り上げた。

小袖の手が帯の下から小太刀を抜いて、斜めに切っ先が走ると、浪人の二の腕をスパッと斬っていた。

刀を取り落とし、呻《うめ》きながら血のふき出す腕を抱え込む。

「引くぞ！」

という一人の声で、三人はその場から逃げ去って行った。

「今の一人は、長屋でお千代ちゃんをさらおうとした奴だわ」

小袖は息を弾ませて、「大丈夫ですか？」

ぐっしょりと汗をかいた佐伯は、地面に座り込んだまま言葉も出ずに、ただ黙って肯《うなず》くだけだった。

やっとの思いで立ち上ると、

「いや……。助かった！　かたじけない」

と、肩で息をしながら刀を納め、「それにしても――小袖殿はお強いですな！」

と、改めてびっくりしていた……。

「佐伯さん。これ以上やると、本当に命が危いんじゃありませんか？」

と、酒を注ぎながら小袖が言った。

「どうも……。同心が心配されるようでは、困ったもんだな」

と、佐伯は笑って酒を一口に飲み干すと、「実は、南紀屋に聞き込みに行って奉行所に戻ると、先輩の一人に物かげへ連れて行かれて、言われた。『お米という女のことはこれ以上探り回るな』と」

「同心がそんなことを？　情ねえな」

と、次郎吉は言った。

三人は居酒屋で飲んでいた。

佐伯の着物が斬りつけられて、いくつか裂けていたので、ここで針と糸を借りて、小袖がつくろった。

「でも、あんな風に人を雇ってまで……」

と、小袖は心配そうに、「南紀屋が女を囲っているにしたって、佐伯さんを殺そうとするほどのことじゃないでしょう」

佐伯は少しの間黙っていたが、

「――よく南紀屋に立ち寄るのだが、主《あるじ》の市介は、若い私などほとんど相手にもしない。しかし、いつも台所の方で茶を出してくれる女があってな……」

と、少し懐しそうな目になって、「死んだ母によく似ている。――その女が教えてくれた」

「といいますと？」

「市介とつるんで、よく出歩く侍がいるということだ。旗本の息子で、門倉文吾《かどくらぶんご》という男だ」

「門倉……」

「その名を、憶《おぼ》えておいてくれ」

と、佐伯は言った。「頼むぞ」

「承知しました。しかし、俺たちが憶えていても……」

佐伯はちょっと笑って、

「少し酔ったからな。名前を忘れてしまいそうな気がする」

「佐伯さん……」

「私は家が貧しくてな」

と、佐伯は言った。「父はやはり同心だったが、うまく立ち回ったり、微罪を見逃して金を受け取るといった真似のできぬ、石頭だった」

「結構じゃありませんか」

と、次郎吉は言った。

「あまり結構とも言えぬ」

と、苦々しげに、「私が十歳のとき、十七の姉は武家屋敷に奉公に出て、そこの主人に手ごめにされ、自害して果てた……」

「そんなことが……」

小袖は、佐伯の横顔に見入った。

「父は怒って、その屋敷へ斬り込んで斬り殺され、『乱心』と片付けられた」

佐伯は目を上げて、「母も生きる気力を失《な》くして、一か月後に世を去り、私は一人、取り残されたのだ。——叔父《おじ》に引き取られたが、居心地は良くなかった」

佐伯はゆっくり息を吐くと、

「もう行かねば……。世話をかけたな」

次郎吉はただ、

「お気を付けて」

とだけ言った。

「心配するな」

と、佐伯はニヤリと笑って、「私は同心だ。同心に何かあれば、ただでは済まぬ」

そう言って、フラリと出て行ったのである。

「兄さん。あの人、死ぬ覚悟だわ」

と、小袖は言った。

「うん。――自分が殺されりゃ、他の同心だって捨ててはおけまい、ってことだろうな」

分っているはずだ。佐伯の力では、これ以上南紀屋を追っても、どうすることもできないと。

「どうするの？」

「まさか、あの同心をこっちが付きっきりで守ってもやれまい？」

「でも――死なせちゃ可哀そう」

「まあな……。お前、面倒みてやるか？」

と、次郎吉は言った。

闇の水音

冷たい水のしぶきがかかって、佐伯は目を覚ました。

身動きしようにも、手首、足首が縛り上げられて地面に寝かされている。

「おや、気が付いたか」

南紀屋の市介が冷ややかに笑った。

「市介……。何の真似だ」

佐伯は起き上ろうとして、したたか腰をけりつけられ、呻いた。

「あんたのような青二才に、余計な真似をされちゃ困るんだ」

市介は渋い顔で、「門倉様に女をあてがって、商売してるんだからな」

「身ごもった女を斬って殺してもか」

「あの女が最初ってわけじゃない。ただ、あんたがいらぬせんさくをしたから、ややこしくなった」

あの妾宅《しょうたく》に近い川辺らしい。夜中だが、川の流れの音は聞こえていた。

「——同心を殺して、ただで済むと思うのか」

「殺しゃしないよ。あんたはおふじに惚《ほ》れて、心中って寸法だ」

「何だと？」

佐伯は、傍に倒れている女の姿に気付いた。

「あの女が……。どうして……」

「いらぬことをあんたにしゃべったからね。代りはいくらでもいる。門倉様の好みの女だったが、また見付けてくるさ」

市介が合図すると、浪人が二人がかりで、佐伯とおふじの足首を縛って、それに重い石を縄でつないだ。

「二人で仲良くしなさいよ」

と、市介は言って、「沈めろ」

石が水中へ落とされると、その重みに引きずられて二人の体がズルズルと川へと落ちて行った。

暗い流れに二人の姿が消えると、

「片付いた。——あんたたちは、江戸を離れて下さいよ」

と、市介は浪人たちに金の包みを渡した。

「承知した」

浪人たちと市介が別々の方角へと姿を消すと、

「兄さん」

と、小袖が言った。「この川の中で見付けられる？」

「なまじ石をくくりつけたからな。却《かえ》って、捜すのは楽だ。この真下だろう」

「じゃ、早く！」

「分ってる」

次郎吉は短刀を口にくわえて、素早く流れの中へと消えて行った。

確かに、庭で怪しい物音がした。

門倉角之介《かくのすけ》は刀を取ると、寝所から出て、庭に面した戸をガラッと開け、

「何者だ！」

と、鋭い声で誰何《すいか》した。

月明りに、目が慣れると妙なものが目に入った。

庭の太い松の木の枝からぶら下っている男の姿だ。

門倉角之介は庭へ下りた。

すると、

「門倉様ですね」

と、声がして、

「誰だ？」

見回しても、姿がない。

「高い所から失礼いたします」

見上げると、屋根の上に片膝《かたひざ》をついて男が一人。

「お前は――」

「〈鼠〉というゝ名で呼ばれております」

角之介は、屋根の上の相手をどうすることもできないと悟った。

「お前があの〈鼠〉か。この屋敷に、お前が狙うほどの金はないぞ」

と言った。

「盗みに伺ったんじゃありません。そのささやかな贈り物をと思いまして」

角之介は、縛られて吊《つ》り下げられた男を見て、

「これは——文吾の所へよく出入りしている商人だな」

「帯に挟んだ書状をお読み下さい」

角之介は、市介の帯から書状を抜き取って、月明りの下、広げて目を通した。

「文吾が。——真《まこと》か！」

「その市介が白状した通りですよ。ご子息は南紀屋の仕入れ先を、旗本の名で脅して値引きさせ、その見返りに、娘を抱いては飽きれば斬るという、とんでもない遊びにはまってなさった」

角之介は青ざめながら、

「あれは……母親が甘やかして、好き放題にさせてしまった」

と、息をついた。

「いくらお旗本でも、町人を斬って、ただじゃ済みませんぜ」

「分っておる」

角之介は〈鼠〉を見上げ、「わざわざ知らせてくれたのだな。かたじけない」

「後は、お任せしますよ」

「うむ。——公になれば、我が家は取り潰《つぶ》されよう。黙っていてくれるのか」

「ご子息をどうなさるんで？」

「この手で、始末はつける」

と言うなり、角之介は刀を抜き放ち、吊り下げられた市介を斬り捨てた。

市介がひと声呻《うめ》いて絶命する。

角之介が再び屋根を見上げると、もう〈鼠〉の姿はなかった……。


「急にうちがにぎやかになったわね」

と、小袖は言った。

「ご迷惑かけて……」

布団に起き上って、おふじは熱い汁をすすった。

ガラッと戸が開いて、次郎吉が入って来ると、

「おや、もう気が付きなすったか。良かった」

と、上って来る。

「面目ない」

と、佐伯が頭を下げる。

「なあに、江戸っ子は曲ったことにゃ、見て見ぬふりはできませんや」

と、次郎吉は肯《うなず》いて、「今しがた、門倉文吾が切腹して果てたと届け出があったそ

うで」

「切腹……」

「口実は何とでもつけられましょう。これでお米の敵も討てたわけだ」

「あの子、外へ遊びに行ってるわ」

と、小袖は言った。

「ねえ、佐伯さん」

と、次郎吉は言った。「これも何かの縁だ。あんた、おふじさんと江戸を離れちゃどうです」

「拙者は――私は、とても今は……」

と、佐伯は照れている。

「旦那《だんな》」

と、おふじが佐伯の方へ向いて、「私も、あんなお妾《めかけ》の暮しはもうごめんです。田舎へ帰って、百姓をやってる親に孝行します。もしおいやでなかったら……」

「百姓暮しか……」

佐伯はフッと肩の力を抜いて、「私にはそんな暮しの方が向いているかもしれないな……」

「できたら、お千代も連れてってやっちゃもらえませんかね」

と、次郎吉は言った。「うちに居つかれても……」

佐伯はおふじと顔を見合せ、

「娘というにゃ、こっちが若過ぎるな」

「妹さんということにしては？」

と、小袖が言った。

どうやらうまくまとまりそうだ。

次郎吉はホッとしていた。——このまま千代を寺へずっと預けてもおけず、といって、放り出すわけにもいかない。

何より、手先の器用な千代が、もし次郎吉の商売を知ったら……。

佐伯とおふじがひと風呂《ふろ》浴びに出かけると、

「やれやれ」

と、次郎吉は伸びをした。「やっと追い出した！」

「兄さん」

「何だ？」

「南紀屋を狙うんだったら、早くしないと。店をたたんじまうそうよ」

「分ってるが……。居候がいる内はいくら何でもやれねえだろ。ま、早いとこ元気になってもらわないとな。——おい、鰻《うなぎ》でも食いに行くか」

次郎吉はいつになく気前が良くなっていた……。

鼠、成敗し損なう

待伏せ

昼日中はにぎやかな江戸の町も、夜ふけとなれば物騒なものも出て、

「おい、待ちな」

と、ものかげから白刃を鋭く光らせた手合が現われても、次郎吉《じろきち》は少しも驚かなかった。

「何か用かい」

と、首をすぼめて、「こう寒くっちゃ、早く帰って布団に潜り込みたいんだ。用なら早く済ませてくれ」

と言ってやった。

すると、もっと面食らったことに、

「おい、何だ人違いだぜ」

と、もう一人の声がして、「申し訳ねえ。こっちの早とちりで」

「盗《ぬす》っ人《と》に謝られるのも珍しいな。待ち人かい」

「ま、そんなとこで。係《かかわ》り合いにならないで下せえ」

「合点だ。しかし……」

と言いかけて肩をすくめ、「ごめんよ」

先へ行って、次郎吉が足を止め様子をうかがう気になったのは……。

「妙な具合だ」

今の二人、刀を抜いていたが、一向に差し迫った空気が感じられない。少なくとも初めは目指す相手が来たと思っていたはずだが、それでもさっぱり「危なさ」が伝わって来なかったのだ。

「ありゃ、何かの狂言だな」

酔狂と言われそうだが、成り行きを確かめずにいられないのが、通称「甘酒屋の次郎吉」の性分だった。

追いはぎにしちゃ妙だ。

懐手をして、待つほどのこともなかった。

さっき男たちが次郎吉を呼び止めた辺りに、提灯《ちょうちん》の明りが揺れて、誰かがやって来る。

すると――反対の方からも人の気配が近付いて来たのである。それも一人二人ではない。

次郎吉は松の木のかげに身を潜めて、やって来る数人の人影を見やった。

侍だ。しかもみんな頭巾《ずきん》をかぶり、顔を隠している。——どうなってるんだ？

「お待ちを」

と、先に立つ一人が言った。「何やら人の気配がいたします」

すると、さっきの男が、

「懐のものを置いて行け！」

と怒鳴るのが聞こえて、

「何をする！——誰か！　助けて！」

バタバタと駆け出す足音。

ドッと倒れて、

「人殺し！——人殺しだ！」

すると、侍たちの真ん中にいた一人が、

「何ごとだ」

と言った。

「辻斬《つじぎ》り強盗の類《たぐい》かと存じます」

「助けてやれ」

「は。——斬り捨ててもよろしゅうございましょうか」

「構わぬ。斬れ」

「はっ」

侍の二人が刀を抜くと、

「待て！」

と、声をかけ、駆け出した。

「お侍様！　お助け下さいませ！」

と、追われた男が地面を這《は》っている。

「邪魔しやがったな！」

次郎吉の目には見えなかったが、剣の打ち合う音が二、三度響いて、低く呻《うめ》く声と共に誰かが倒れた気配。

「ありがとうございました！」

と、助かった方は地面に額をすりつけるようにして礼を言っている。

「用心して帰れよ」

「はい！——ありがとうございました」

男が足早に行ってしまうと、侍二人は他の侍たちの所へ戻り、

「成敗してございます」

と、片膝《かたひざ》をつく。

「斬ったか」

「はあ。二人とも」

「よくやった。江戸の町も、夜ふけには色々とあるものだな」

「御意」

他の一人が、

「殿、屋敷へお戻りになられましては」

と言った。「少し雨らしいものが当りました」

「そうか。――そうだな。戻るとしよう」

頭巾ごしだが、「殿」と呼ばれた侍の声は若く聞こえた。

「では……。足下にお気を付け下さいませ」

「うむ」

侍たちの一団は、来た道を引き返して行った。

どこの「殿」なのか、こんな夜ふけに散歩とは珍しい……。

次郎吉は松の木のかげから出て来たのだが、そのとき、斬られた二人の追いはぎが、なんとムクムクと起き上ったのである。

「ああ……。膝《ひざ》をすりむいちまった」

「我慢しろ。金のためだ」

「刀が峰で背中に当りやがった。痛えのなんのって……」

「おい、戻って来たぜ」

小走りにやって来たのは、さっきこの二人に襲われたはずの町人で、

「ご苦労さんでした」

と、追いはぎをねぎらっている。

「おい、ちっとは色をつけてくれよ」

「そうおっしゃらずに。――私だって、少しは儲《もう》けさせていただきませんと」

「何言ってやがる。しっかり半分は取ってるくせに」

「ですが、これで楽じゃないんですよ。ご覧の通り、羽織は破けちまいました」

「どうせ安物だろ。こんな暗い中じゃ分りゃしねえや」

やり取りは、二人の「追いはぎ役」と「襲われ役」が、かなりの顔なじみに違いないと教えていた。

「じゃ、これが約束の……。ま、こいつで一杯召し上って下さい」

「おお、すまねえな」

「また何かのときはよろしく」

「ああ、声をかけてくれ。次はどんな役回りかな」

笑い声がして、男たちは三方へ散って行った。

次郎吉は夜道へ歩み出て、

「こんな所で芝居が見られるとはな」

と呟《つぶや》くと、ちょっと考えてから、「面白そうだが……」

「それって、どういう筋書なの？」

と、小袖《こそで》が呆《あき》れたように訊《き》いた。

「俺だって知らねえよ」

次郎吉は昼過ぎにやっと起き出して来ると、妹の小袖にゆうべの出来事を話してやった。

「その頭巾のお侍たちは、どこかの藩の殿様とお付きの方でしょうね」

「そんな様子だったが、どこの藩かは暗くて分らなかった」

「提灯に紋は？」

「何もなかった。大方、お忍びの夜遊びってところだろう」

「殿様の目の前で、悪い輩《やから》を成敗するところをお見せしたってわけね」

「わざわざ人を雇って。酔狂な奴もいるもんだ」

と、欠伸《あくび》をすると、小袖は、

「それで、ただ黙って見ていたの？」

「まあな。――大して儲かる話でもあるまいし」

「それもそうね」

小袖が立ち上った。

「出かけるのか」

「道場よ」

小袖は小太刀《こだち》の使い手である。

「たまにゃ男と逢《あい》びきでもして来い」

「男の方へ言ってよ」

と、小袖は言い返すと、さっさと長屋から出かけたのだった。


「はあっ！」

と、気合と共に打ち込むと、竹刀は真一文字に相手の面を捉《とら》えて、相手はドドッと数歩後ずさりして尻《しり》もちをついた。

「――参った！」

と声を上げる。

「田島《たじま》さん……。どうしたんです？」

と、小袖は竹刀をおさめて、「いつもはもうちょっとお強いのに」

「面目ない！」

「大事な方がご覧になっておいでですから、少しは手加減してさし上げたのに」

「え？」

「ほら、窓から……」

と、小袖は竹刀の先で指した。

道場の中を、少し背伸びして覗《のぞ》いていた娘が頰を染めてあわてて姿を隠した。

「——彦一郎《ひこいちろう》様。さとは少々がっかりいたしました」

ふくれているのは、十六、七の武家の娘で、田島彦一郎のいいなずけである。

「いや、言いわけするのではないが、この小袖殿は当道場でも一、二を争う手だれ。何しろ、先生ですら打ち込まれてたじたじになられるほどなのだ」

「田島さん、さとさんにそんなことをおっしゃっても」

小袖は、帰り仕度をして来ると、「今どき、武士も人を斬ることなどありませんものね」

「全く。しかし、それがいい世の中というものでしょうな」

「さとさんとの祝言はいつ？」

「来月です」

と答えて、田島彦一郎は大欠伸をした。

さとがそれを見ないふりをして、プイと脇を向くのがおかしくて、小袖は、

「あらあら。さとさん、ゆうべ田島さんを寝かせてあげなかったの？」

それを聞いて、ちょっとポカンとしていたさとは、たちまち頬を真っ赤に染めて、

「そんな……そんなこと、さとはいたしておりません！」

と、引っくり返りそうな甲高い声で言ったのだった……。

浮世草子

それは、置き忘れられた一冊の浮世草子から始まった。

北陸の小藩である黒須《くろす》藩の当主、黒須源之介《げんのすけ》は二十歳になったところ。江戸での退屈な日々を持て余していた。

江戸上屋敷の一夜、詰所にブラリと立ち寄って覗いた源之介の目に入ったのは、口を開けて居眠りしている家臣二人。

しかし、源之介としては別に怒る気にもなれない。

まあ、酒をくらっていないだけましというものだ。――引き上げようとした源之介の目に留ったのは、床机の上にポンと置き忘れられた一冊の書物だった。

「本か……」

源之介は、いつもいつも読まされている退屈なものしか知らなかったので、およそ

本が好きとは言えないのだが、こういう所に詰めている者はどんな本を読んでいるのだろう、と興味が湧いた。

そしてその本を懐にしまい込んで、寝所へ戻ったのである。

その夜、源之介は持ち帰った一冊の浮世草子に夢中になって、一睡もしなかった。

色彩豊かな絵にいろどられた一枚一枚をめくるごとに、源之介の血は沸き立ち、興奮した。

そこには、退屈な自分の日々とは全く別の活《い》き活きとした庶民の暮しがあった。一文一分の商いに命をかける商人や、目のくらむような屋根の上を軽々と飛び回るとび職人、可愛い町娘や、肌もあらわな鉄火場の女たち。そして絵の中で今にも動きだしそうな、郭《くるわ》の遊女たちのあで姿……。

源之介とて、そういう場所があることは知らぬでもない。しかし、口やかましく、ふた言目には、

「亡き先君がいかにお嘆きになるか……」

と、お説教を始める家老が目を光らせているところでは、悪所通いなど、とてもままならなかった。

ともかく、源之介にとって、その一冊の浮世草子は、「庶民の生活」への窓を開けたのである。

ことに、源之介の心を捕えたのは――女の湯浴《ゆあ》み姿や、町娘の恥ずかしげにうつむいた笑顔などを除けば――あたかも源之介自身のような「さる大藩の若君」の、役者絵から抜け出して来たような、りりしい姿であった。

その若君は夜になると「ある旗本の次男坊」と身分を偽って、夜の町へ出かけ、そこで町娘と恋をしたり、遊女に惚《ほ》れられたりするのである。

更には、悪い商人とぐるになって私腹を肥やしている奉行を、手だれの剣でバッタバッタと斬り捨てて成敗するのだ。

世情の視察。――そうだ。俺にだって、これぐらいのことはできる。

源之介は翌日、家臣の中でも馬術が達者で、時折遠乗りに供をさせる田島彦一郎を茶室に呼び寄せた。

そして、あの浮世草子を置くと、

「俺もこういう世間を見て歩きたい。田島、力を貸せ」

と、命じたのだった……。

「では、そのせいで寝不足なのですか」

と、さとは半ば呆れた顔で言った。

「そういうことだ」

と、田島彦一郎はため息をつくと、「毎晩というわけではないが、五、六日に一度は夜の町へお忍びで出られる」

「彦一郎様とお二人で？」

「とんでもない！　殿に万一のことでもあれば一大事。腕の立つ者が五人で常に殿を囲んでいる」

「それを伺って安堵《あんど》しました」

——田島彦一郎は、道場の帰りに、さとを誘って、小さな料亭の離れに寄った。

「話したいことがある」

と、真顔の彦一郎に、さとはいささか不安げで、

「まさか、他に好きな女ができたとおっしゃるのではと、気が気でなくて……」

「そんなことは絶対にない」

田島は少し酒を飲んで、「言うまでもないが、今の話は決して口外しては困る」

「心得ております」

「それで……実は、そなたに頼みがあるのだ」

と、田島は少し言いにくそうに目をそらし、「一杯飲むか？」

「私は結構です。——何のお話ですの？」

田島は、どう話したものかと考えあぐねている様子だったが、

「殿は、その浮世草子の主人公に憧《あこが》れておいでなのだ。自分の手で、悪事を働く奴らを成敗してやりたい、とおっしゃる」

「だって……それは作り話でしょう？」

「むろん、芝居や本の世界の話だ。しかし、殿にはそれがよく分っておられない。まあ、今までろくに芝居一つご覧になったことがないのだから、無理もないのだが……」

「それで……」

「仕方なく、我らは予《あらかじ》め市井の者を雇って、通り道で強盗や追いはぎを演じさせた。むろん、殿は見ておられるだけだが、我々がその連中を斬り捨ててみせる。本当に斬るわけではない。斬ったふりをするのだ」

「そんなことまで……」

「宮仕えは辛《つら》いものさ」

田島はさとの方へ向き直り、「お願いだ。明日の夜、一晩だけ我々に力を貸してもらいたい！」

言われたさとは当惑するばかり。

「私に……何をせよと？」

「なに、難しいことではない」

と、田島は言った。「ただ、駕籠《かご》に乗っていてもらえば、それでいいのだ」

夜道を灯が揺れながら近付いて来る。

「殿、ご用心を」

と、田島彦一郎は足を止め、道の脇へよけた。

「何だ？」

「駕籠のようです」

ギッギッと木のしなる音がして、駕籠が近付いて来た。浪人風の男が二人左右を挟んで、小走りについて歩いている。

向うが田島たちに気付いてピタリと足を止めると、

「何者だ」

と、警戒するように言った。

「通りすがりの者」

と、田島が答える。

「いらぬことに係《かかわ》り合うなよ」

と、浪人が刀に手をかけた。

そのとき、駕籠の中から、突然若い娘が転げ出た。

振袖《ふりそで》姿の娘は両手を後ろ手に縛り上げられ、猿ぐつわをかまされている。

「おい！」

「お助け下さい！」

娘が必死で声を出す。

浪人たちは娘を再び駕籠の中へ押し込めると、

「口出しは無用だ！」

と、田島に向かって怒鳴った。

「田島」

と、源之介が言った。「娘を救ってやれ」

「貴様らには係りのないことだ！」

浪人が刀を抜き放つ。

「そうはいかぬ。駕籠を置いて行け。さもないと――」

田島と、もう一人が刀を抜いた。

「邪魔だてするか！」

浪人と田島の剣が打ち合って火花が飛んだ。

田島は、打合せの通り二、三度切り結ぶと、峰を返して、

「ヤッ！」

と、浪人の胴を払った。

浪人の体がフラッと泳いで、二、三歩よろめいた。

すると——源之介がいきなり進み出たかと思うと、刀を抜いて、浪人を一刀の下に斬り捨てたのである。

浪人は無言のまま刀を取り落とし、地面に倒れた。

田島は一瞬凍りついたように動けなかった。

「——殿！」

「こやつ、死んでいなかったぞ」

源之介は刀の血を拭《ぬぐ》うと、「娘をかどわかすなど、けしからぬ奴！」

「殿……」

田島は倒れた浪人へ駆け寄った。

血だまりの中、すでに男は絶命していた。

もう一人の浪人と駕籠かきは逃げ出してしまっていた。

田島は青ざめた。——思ってもみないことだった。

「田島、そんな奴は放っておけ」

と、源之介は言った。「それより、娘を」

「は……」

田島は駕籠の中のさとの縄を解《ほど》いてやりながら、

「何も言うな」

と、小声で囁《ささや》いた。

「何が……」

「見るな！」

源之介がやって来ると、

「もう安心だぞ」

「ありがとうございました」

さとは、田島に言われていた通りに礼を言った。

源之介は、提灯《ちょうちん》の明りの中に浮かぶ、さとの面立ちに少しの間見入っていたが、

「怖かったであろう。——駕籠を屋敷まで担って行け」

と、家臣へ言いつけた。

二人が駕籠をかついで、屋敷へと戻って行く。

「いや、幸運だったたな」

源之介は満足げで、「人助けができるというのはいいものだ」

「——御意」

田島は振り返った。

地面に落ちた提灯が燃え上って、死んでいる男を照らし出している。

とんでもないことになった……。

主君について行く田島の膝《ひざ》が震えていた。


「次郎吉さん！――次郎吉さん！」

いつになくあわてた口調で、「お願いだ、一緒に来てくんな」

「何だ。達七《たつしち》さんか」

次郎吉は袖を引かれて、「どうしたんだ？　えらく泡食って」

「一人じゃどうも……。お願いだ。自身番へ一緒に行ってくれ！」

達七は次郎吉同様、これという仕事をしているわけではない。四十がらみで、幇間《ほうかん》のなりそこないとかいうことだった。

うまい話があれば、すかさず間を取り持って両方から礼金をせしめる、といった暮しをしている。

「何ごとだい？」

「それが……。どうにも気の進まねえ用件なんだ」

と、達七は言って、両手を合せ、「な、頼む！」

次郎吉も断り切れず、特にこれといって急ぎの用もなかったので、頼まれるままについて行った。

——自身番に行くと、下に置かれた戸板の上のむくろを見せられた。

「知った顔か」

と、同心に問われて、達七は、

「へえ。丈吉《じょうきち》って……。ちょっとした知り合いでさ」

と言った。

「こいつは……刀傷ですか」

と、次郎吉はなきがらを見下ろして、「しかし——丈吉がどうして浪人のなりを？」

「知らねえ。俺にゃさっぱり」

と、達七は首を振った。

「この男の身寄りは？」

「さあ……。一緒に飲むだけで、どこに住んでるかまでは……」

ひどく怯《おび》えている達七の様子に、次郎吉は気付いていた。

「確か、〈花春《はなはる》〉って小料理屋によく出入りしておりました」

次郎吉が代って答えると、同心はそれで二人を帰してくれた。

外へ出ると、

「おい、達七さん。どうしたっていうんだ。あんたの怯えようは、ただごとじゃないね」

と次郎吉は言った。

「知らねえよ！　俺は何も知らねえ！」

達七はそう叫ぶように言うと、駆け出して行ってしまったのだった。

夜遊び

「あら。――田島さん」

小袖は人の行き交う往来で、なぜか放心したような様子で歩いている田島彦一郎を見て、声をかけた。

数歩行ってから、田島は振り返り、

「ああ……。小袖殿か」

「このところ道場へおいでになりませんね」

と、小袖は言って、「――ひどいお顔の色。具合が悪いのですか？」

「いや、別に……。別に何でもない」

しかし、どう見ても田島の憔悴《しょうすい》し切ったさまは普通でない。

「おい、どうした」

と、次郎吉が小袖を追ってやって来る。

「兄さん、同じ道場の田島さん。兄ですの」

「これはどうも……。田島彦一郎と申します」

「ごていねいに。次郎吉って遊び人で」

「こうして、日がなぶらぶらしてるんですよ」

と、小袖は言った。「今日はさとさんとご一緒では？」

さとの名を聞くと、田島の顔は一変した。小刻みに顎《あご》が震えて、

「さとは……あの人は、もはや他人。失礼します」

と言い捨てて、足早に行ってしまう。

「どうしなすったのかしら？」

小袖は呆《あっ》気《け》に取られて、「どう見たって、変だわね」

次郎吉は腕を組んで、

「おい、小袖。今の侍の声に、聞き憶《おぼ》えがあるような気がするんだ」

と言った。

「でも――田島さんに会ったの、初めてでしょ？」

「どこの家中だ」

「何てったかしら。――そう、黒須藩っていったわ。田島さん、いつも『小藩の身で

は……』って嘆いてる」

「今お前の言った、さと、とかってのは？」

「田島さんのいいなずけ。時々道場に来てるわ。十七かしら、とてもいい娘さんよ」

「だが、何かあったようだな」

「そうね……。あの様子、ただごとじゃないわね」

小袖は兄の方へ顔を寄せて、「忍び込んで様子を探ってくれる？」

「貧乏な藩だろ。苦労して忍び込む値打があるのか？」

「そんなこと言って。――気になるくせに。可愛い妹のためだものね」

「自分で可愛いって言ってりゃ世話ねえや」

次郎吉は苦笑したが、「だが、他にも気になっていることがあるんだ」

「私、さとさんの親御さんに会って来ようかな。一度道場へ、さとさんと一緒にみえてね、田島さんが紹介して下さったの」

「それも悪くねえな。夜、話そう」

と言うと、次郎吉はたちまち人の流れに溶けるように消えて行った。

「失礼だが、どちらでお目にかかったか……」

すっかり髪の白くなったその父親は言った。

「小袖と申します。田島彦一郎様と同じ道場で」

少し間は空いたが、

「——おお、男顔負けの腕をお持ちの方でしたな。今日はまた何のご用で」

と、震える膝を押さえつつ、あぐらをかいた。「失礼する。このところ、体が弱ってな」

「実は、お宅のお嬢様のことで」

と言うなり、小袖はその父親の目から大粒の涙が溢《あふ》れるのを見て、「——やはり何かあったのでございますね」

「何と申せばいいのか……。さとは神隠しにあいましてな」

「神隠し、とは……。では行方知れずに？」

「もうひと月になります。手を尽くして捜したし、占い、霊能者、あらゆるものにすがってみましたが、すべてむだでござった」

それ故の、この老け方か、と小袖は胸が痛んだ。

「妻も寝込んだまま、もう先は長くあるまい。一体何の罰が当ったのか、我と我が身を責めております……」

父親は袖口《そでぐち》で涙を拭《ぬぐ》うと、「武士ともあろうものが、面目ない。しかし、さとはたった一人の可愛い我が子。老後の楽しみをすべて奪われたようで……」

「何が恥ずかしいものですか」

と、小袖は言った。「田島様はどうおっしゃっておいでですか？」

「それが……。何度か藩邸へ会いに行きましたが、いつも外出中とのことで。つい四、五日前には、田島殿は江戸詰めの任を解かれて去られた旨、お知らせが」

たった今、田島に会ったばかりだ。しかし、今はそのことを口にしなかった。

「そういうご事情でございましたか。——お気の毒なことで」

「慰めていただいて、かたじけない。せめて、さとがどこか遠くででも元気にしておるのなら、帰ってくれなくても耐えられますが……」

と、父親は肩を落とした。


「あら、お侍さん、今夜もなの？」

笑いを含んだ声が、暗い夜道に響く。

暗がりの中、白塗りの顔と首がフワッと浮んで、まるで見世物小屋の演《もよお》しもののよう。

「今夜は誰にする？　久しぶりに若いのが入って来たよ」

夜鷹《よたか》が肩に手をかける。田島は、まるで怒っているように、

「そいつでいい」

「色気がないね。もうちっと女にゃやさしくするもんだよ。あんたはいつも乱暴だってよく泣いてるよ」

「金を払うのだ。文句はなかろう」

「そりゃまあね。——ま、こいつはどうも」

女の手に小判が握らされた。

「女はどこだ」

「焦らないで。ついておいでなさい」

ひたひたと石垣に寄せる水音が聞こえる。川べりに小舟がつながれて、提灯《ちょうちん》の明りが揺れていた。

「この中ですよ、旦那《だんな》」

「うむ……」

「ごゆっくり」

田島が舟へ飛び移り、菰《こも》で囲った寝床の中へと這《は》い入って行く。

客を捜して、また通りへ戻った女は、急に目の前に現われた人影にびっくりして、

「ああ!——息が止るかと思ったじゃないの」

「今の侍だが」

と、次郎吉は言った。「よくここへ来るのかい」

「あんたは何だね？」

と、少し用心した口調。

「訊《き》いたことに答えてくれりゃいいんだ」

チャリン、と女の手に音がして、

「あら……。女はいらないのかい？」

「ああ」

「あのお侍なら、このところ毎晩のように来るよ。きっと女に振られたんだろ」

「どうしてそう思うんだ」

「だって、あんなに乱暴に……。自分で自分に腹立ててるって風だよ」

「なるほどな」

「自分を殴るわけにいかないから、ここの女に当るのさ。その内、首でも絞めやしないかって心配だけどね」

「そんなにかい」

「見てな。あの舟の揺れようを」

小舟はギシギシと音をたてながら、激しく揺れ始めた。

「――邪魔したな」

次郎吉は少し離れたが、そこに小袖が待っていた。

「聞いてたろ？」

「ええ。――何かよほどのことがあったんだわね」

と、小袖は言った。「本当に、兄さんの見たお侍が田島さんなら……」

「まず間違いねえな。それに、侍でもねえのに浪人のなりで斬られた丈吉……」

次郎吉は揺れる小舟の方へ目をやって、「今思えば、あの追いはぎの一人は丈吉だったようだ」

「でも、そのときは本当に斬られたわけじゃないんでしょ？」

「たぶん、何かの手違いがあったんだ。町人とはいえ、人一人殺しゃ、ただじゃすまねえ。田島って侍はそれが分ってるんだろう」

「でも、さとさんのことは？」

「訊いてみるんだな」

あまり間を置かず、田島は舟から出て来た。

「毎度どうも」

と、女が声をかける。「いかがでした？」

「うむ……」

「またお待ちしてますよ」

と、女は笑って、「でもご用心なさらないと、身がもちませんよ」

「何だと！」

田島が急に激昂《げきこう》して、「武士を馬鹿にすると、許さんぞ！」

と、刀を抜いた。

「旦那――。やめて！」

「おのれ！　待て！」

田島が刀を振り下ろすと、ガッと小太刀《こだち》がそれを受け止めて、火花が飛んだ。

「田島さん！　血迷ったんですか？」

田島は目をみはって、

「――小袖殿か」

「一体どうなすったんです。落ちついて、話して下さいまし」

小袖の厳しい口調に、下ろす刀は震えていた。

そして、田島はその端に崩れるように座り込むと、呻《うめ》くような声を上げて泣き出したのである。

「田島さん……」

小袖は小太刀をおさめると、そっと肩に手をかけた。「よほど辛《つら》いことがおありでしたね」

「情ない……。笑ってくれ」

と、地面に両手をついて落涙し、「苦しくてならぬのだ。こうして、女を買って忘れなければ……殿を斬ってしまいそうだ」

小袖は田島のそばに膝《ひざ》をついて、

「それは、さとさんのことと、何か係《かか》りがあるのですね。——さとさんの親御さんは、見る影もなく、老い込んでしまっておられますよ」

「とても……合せる顔がない」

と、田島は顔を上げ、「私が、さとをあんな目に遭わせてしまったのだ……」

まだ息を弾ませたまま、黒須源之介はほてった頬に一杯の笑みを浮かべて廊下へ出て来た。

そして、大きく伸びをすると、

「——田島。田島はおらぬか」

と、廊下を歩き出す。

「殿」

田島が廊下の先に控えていた。

「いたのか」

「所用にて外出いたしまして、今戻ったところでございます」

「そうか。いや、あの娘、今夜はずいぶんなじんで来たぞ」

「さようでございますか」

「何も知らぬ娘を手なずけるのは楽しいものだ！」

「殿がお喜びとあれば、祝着至極に存じまする」

「お前のおかげだ。――しかし、あの娘にかまけて、世直しの方が留守であったな。明日は久しぶりに出かけよう」

「お供つかまつります」

と、田島は一礼した。

「湯を浴びよう」

「ご用意ができております」

田島が手を打つと、女たちが現われる。

源之介が湯殿へ行ってしまうと、田島は立ち上って、寝所へと向った。

ぼんやりと明りの洩《も》れる廊下で、

「さと殿」

「田島様？――開けないで！」

と、叫ぶような声が聞こえた。

「さと殿……。こんなことになって、すまぬ！」

源之介は、ひと目見てさとを気に入り、この奥座敷の一角に閉じこめてしまったのである。

あの、源之介が町人を斬った夜から、毎夜毎夜、さとは源之介に汚され続けている。その気配を廊下で聞かされる田島は、身を切られる思いだった……。

寝所からは、さとの忍び泣く声が聞こえて来た。

「さと殿。――ご両親が死ぬほど心配しておいでだ。せめて、生きておられることだけでも伝えたい」

「いいえ！」

と、即座に答えて、「何もおっしゃらないで下さいまし。こんな私を見てほしくはありません」

「しかし……」

「田島様も、もうさとのことは忘れて下さいませ」

「何を言う！」

「もう……この体は元に戻りはいたしません」

再び忍び泣く声が湧き上るように聞こえて来て、田島は固く両の拳《こぶし》を握りしめた……。

命の値段

「今夜は何も出そうにないな」

と、源之介は退屈そうに言った。

「殿のことを恐れて、盗賊も仕事を控えているのかもしれません」

と、供の一人が言うと、源之介は笑って、

「そうか。――悪人どもの間で、評判になっておるのかもしれんな」

「悪党どもも、命は惜しゅうございましょうから」

「全くだ。しかし、せっかく出かけて来たのだ。小物でも一人二人、出ぬものかな」

立派な構えの大店《おおだな》の裏木戸がコトリと音をたてて開いた。

「――お待ち下さい」

と、田島は提灯をフッと吹き消すと、「怪しい気配がいたします」

夜道にひそんで、息を殺していると、黒ずくめの男が一人、重たげな箱を抱えて出て来たのが、月明りに見えた。

「盗《ぬす》っ人《と》か」

「そのようでございます。千両箱を抱えております」

「逃がすな！　この刀で斬る」

と、源之介が刀を抜く。

「殿、刀の汚れでございます」

「世直しだ。任せろ」

源之介は勢い込んで、「怪しい奴！　待て！」

と声をかけた。

黒ずくめの男は、パッと身を翻すと、信じられないほどの勢いで駆け出して行った。

「逃がすな！」

田島が先頭に、男を追って走った。

源之介も抜身を手に一緒に走って行く。

「——道が分れたぞ」

三方へ道が分れ、どこへ消えたか、男の姿は見えない。

「手分けして捜せ！」

と、源之介が命じた。

「ですが、殿のおそばが手薄になります」

「余のことなら心配いらん。行け」

「はっ」

供の四人の内、三人が三つの道へ分れて散って行った。

田島が一人、残って源之介のそばにいた。

すると、塀越しにフワリと人影が地面に下り立ち、素早く駆け出して行く。

「田島！　追え！」

と、源之介は言った。

「ですが、殿がお一人に……」

「大丈夫だ。急いで追え」

「では——」

田島は、足音一つたてずに消えた男を追って行った。

源之介は息を弾ませながら、分れた道をあちこち覗《のぞ》いていたが……。

ふと人の気配に振り向くと、頭巾《ずきん》をかぶった女が一人立っている。

「女。何者だ」

と、源之介が刀を手に、「命惜しくば、逃げるがよい。女を斬る剣は持ち合せぬ」

女がちょっと笑って、

「女も斬れぬ剣、の間違いでは？」

「言ったな……。真っ二つにしてやる」

源之介がろくに構えもせずに振り上げて女へと斬りかかると——。

女の手から白刃が尾を引いて、源之介の刀を受けると、逆に下から斬り上げた。

「あ……」

バシッという音が響いて、源之介の刀が折れた。「――おのれ！」

小刀を抜くと、たちまち手元から弾《はじ》き飛ばされる。

「待て！――待て！」

後ずさる源之介の目の前を、風を感じるほどの間近に剣の切っ先が走ると、羽織が切り裂かれ、袴《はかま》がフワリと足下に落ち、足が絡んで、源之介は尻《しり》もちをついた。

「待て！　待ってくれ！」

と、甲高い声を上げ、「余は黒須藩主なるぞ！　余を傷つけることは許さん！」

「誰も許してくれとはお願いしておりませんのでね」

と、女は言うと、刀を振った。

「許してくれ！　金をやる！」

源之介は目をギュッとつぶって、両手を合せると、「蔵の千両箱をやる！　殺さんでくれ！」

そこへ、

「殿！　どうなさいました！」

と、駆けて来る足音。

「田島！　助けてくれ！」

と、源之介は這《は》いつくばって、「早く女を斬れ！」

「女……とは？」

「今、そこに――」

目を開けると、そこにはただ暗い夜道があるばかり。

「殿、その頭は……」

他の供の侍たちも戻って来て、思わず立ちすくんだ。

「――どうした？」

源之介は、頭巾を斬られ、その下の髷《まげ》までも切り落とされていた……。

上屋敷までが、とんでもなく遠く感じられて、源之介は段々不機嫌になって来た。

「余を一人にするとは何ごとだ！」

と、文句を言い出したのである。

「ともかく、殿、目につかぬように戻りませんと……」

「四人もついておって、役に立たん奴らだ！」

と、八つ当りしていたが――。

「殿……。様子がおかしゅうございます」

足を止める。——屋敷の門が開け放たれ、人があわただしく出入りしている。

「煙が上っている。殿、火の手が!」

「何だと!」

急いで屋敷へ入って行くと、

「田島殿!」

と、用人の一人があわてて駆けてくる。

「どうした!」

「奥座敷で火事が——。しかし、何とか消し止められそうです」

「そうか。奥座敷と言ったか?」

田島は煙の立ちこめた辺りへ目をやった。

「はい。あの……奥座敷の娘が、火を放って自害したようでございます」

「何と……」

田島は頭巾をかぶった源之介の方を振り向いた。

「娘は——死んだのか」

と、田島は訊《き》いた。

「おそらく。ですが、煙がひどくて……」

「行こう」

廊下に寝衣で逃げ惑う女たちをかき分けて、田島は煙の方へと向った。

「火は消し止めました！」

と、声がした。

「よくやった。――殿、足下が水浸しでございますから」

「うん。見て来い」

田島は、すっかり焼けてしまった寝所の中へと足を踏み入れた。

ややあって出て来ると、

「死んでおります」

「そうか……」

「懐剣で喉《のど》を突いたものと……。焼けてしまっておりますが、ご覧になりますか」

源之介は、こわごわ寝所の中を覗き込んだ。明りが、焼け焦げた死体を照らし出すと、

「もうよい」

源之介は顔をしかめて、急いで背を向けた。「どこかへ捨てて来い」

「殿――」

「それとも埋めるか……。ともかく片付けろ！」

源之介は怒ったように行ってしまう。田島はしばらくしてから、その方向へ、

「かしこまりました」

と呟《つぶや》いて、頭を下げた……。


「田島殿！　どうなされた」

玄関先へ出て来て、さとの父親は目をみはった。田島が敷石へ正座して、短刀を前に置いて控えている。

「お詫《わ》びしなければなりませぬ」

と、田島は言った。「さと殿を、私の落ち度で死なせてしまいました。申し訳ございません」

「さとを……。神隠しにあったのでは？」

「そうではありません。ともかく――この場をお借りして切腹することをお許し願いたい」

「切腹とはしかし――」

「夫婦の約束を交わした上は、腹切って、さと殿の後を追いまする」

「お待ちなされ。軽々しく命を捨てては――」

と言いかけて、父親の目は田島の背後へ向けられ、大きく見開かれた。

「さと！――さとではないか！」

びっくりして振り向いた田島は、玄関先に着崩れた着物で、ぼんやりと立っているさとを見て、愕然《がくぜん》とした。

「さと！　帰って来た！――よう帰って来た！」

父親は裸足《はだし》で駆け寄ると、さとを抱きしめた。その声を聞いて、寝ついた母親がはね起きて駆けて来た。

「本当に！　まあ、さと、よく帰って来たね！」

田島も我に返って、

「さと殿――。生きておられたのか？」

と、立って走り寄る。

しかし、さとはじっと正面を見ているばかりで、表情も全く変らず、何も聞こえていないかのようだ。

これは……。田島は、ともかく父親と二人で、さとを屋敷の中へと支えて行った。

さとの母親も父親も、涙にくれながら、まるで我が子が幻でないことを確かめるように、その体に触り続けていた……。

「では、あの死んだ女は……」

「貧乏寺から、無縁仏を一つ、譲ってもらったんですよ」

と、次郎吉は言った。「焼けてしまえば分らねえ。しかし、火が広がらねえように、用心はいたしましたがね」

「かたじけない」

田島は頭を下げた。「しかし――さとは己れが誰かも分らぬ様子。むろん、それでも親御様は大喜びですが」

「いずれ、自分を取り戻されることもありましょう。諦《あきら》めないで下さいまし」

と、小袖が言った。

「むろんです」

居酒屋の座敷で、次郎吉は田島へ酒を注ぎながら、

「田島さん、あなた、死ぬおつもりだったのでは？」

「さよう。――殿があの町人を斬られたことは、私の失態。腹切って、その責めを負うつもりでした。しかし……あの焼けたむくろを見て、殿が、どこかへ捨てて来い、と仰せられたとき、殿のために腹を切る気は失《う》せました」

と、田島は言った。「さととあの世で添いとげるためなら、腹を切ろうと思ったのです」

「早まらないで良かったこと」

と、小袖は微笑んで、「その若さで、死んじゃつまりませんよ」

「殿は、町人を斬ったことと、屋敷に火を出したことで、蟄居《ちっきょ》を命ぜられました。あの殿には何より辛《つら》いことでしょう」

「田島様は……」

「これからは、さとを大事に慈しむことが第一。たとえ、さとが私のことを思い出してくれずとも、一生共に暮します」

力強い言葉だった。

田島が先に帰って行くと、

「兄さん。さとさんは本当に元に戻るの？」

と、小袖が刺身をつまみながら言った。

「そのはずだ。まあ、ひと月かそこらはかかるそうだが、少しずつ戻って行く。そうなれば、あの屋敷での辛い日々も思い出すだろうが、それはあの田島さんの気持次第だ」

「きっと大丈夫。さとさんは若いんだもの」

「しかし、あの娘に呑《の》ませたオランダ渡りの薬は高かったんだぜ。何しろ、あの屋敷にあったのは、やっと三百両がいいとこで、その内百両が薬に、百両は医者の見立てと口封じ代だ。割の合わねえ仕事だった」

と、次郎吉は酒を飲んだ。

「いいじゃないの。鼠《ねずみ》の仕事は人助け」

「そうはいっても、ちっとも儲《もう》からねえんじゃな……」

「身替りになってくれた仏様も、ちゃんと弔ってあげなきゃ。——どうせなら、とことん面倒みなさいよ」

「俺が出すのか？」

「もちろん」

次郎吉はため息をついて、

「結局、俺が一番損したんじゃねえか？」

と呟くと、懐の財布をポンと投げ出し、「ついでに丈吉の方も頼んで来てくれ」

「任せて」

と、小袖は財布をつかんで立ち上る。

「おい！　財布ごと持ってくなよ！——おい！」

呼びかけたときには、もう小袖はいなくなっていた……。

鼠、美女に会う

頼まれごと

まさか、そんな所に人がいようとは、思ってもみなかった。

俺としたことが。——次郎吉《じろきち》は小さく舌打ちした。

忍び込むのはわけなかったのだ。しかし、明りもなしで、ただ雪見障子の丸窓から差し入る月明りだけで起きている女がいようとは——。

次郎吉はほんの一寸ほど開けた襖《ふすま》を、そのまま閉めて引き上げようとした。

今夜は失敗だ。まあ、誰だって失敗ということはあるものである。

引き上げようとしたところへ、

「お待ち下さい」

と、女が言った。

落ちつき払って、ある覚悟を感じさせる声だった。

「お願いでございます。お待ち下さい」

と、女は重ねて言った。

次郎吉は、さすがに少したためらったが、どうやら相手はこちらを警戒してもいないようだ。

「——お呼びで」

と、襖越しに答えると、

「お入り下さい。どうぞ」

一旦《いったん》足を止めたのだ。次郎吉は物好きな性分もあって、言われるままに襖を開け、素早く中へ滑り込んだ。

月明りの中、女は青白く美しかった。

静かに手をつき、

「噂に高い、鼠様《ねずみ》でございましょう」

「〈様〉を付けていただくほどのもんじゃございませんがね」

と、次郎吉は、「このままで失礼しますよ」

「お引き止めして申し訳ございません」

と、女は言った。「お願いしたいことがございまして……」

「盗《ぬす》っ人《と》にですかい？」

「はい。誰にも頼めません」

次郎吉は畳にあぐらをかいて、

「伺いましょう」

「恐れ入ります。私は絹《きぬ》と申しまして……」

「評判ですよ、江戸の町でも。確かに、こうして拝見するとお美しい。今、美人画になって、何人も〈お絹様〉が出回っているのをご存じですか」

「まあ、そんなことが……」

「こちらの殿様も夢中になるわけだ」

「とんでもない……」

この相良《さがら》藩の君主の愛妾《あいしょう》である。

「鼠様とお会いできましたのも、何かのお導き。――私は、世間向きにはさる公家《くげ》の落しだねということになっておりますが」

「そう聞いていますが」

絹は初めて微笑んだ。そして、

「とんでもねえ話でござんして、子供のころより畑仕事で泥だらけになっておりました、百姓の娘でございますよ」

と、突然訛《なまり》丸出しでしゃべり出したので、次郎吉は目を丸くした。

「そうだったんですかい。――村じゃ評判の別嬪《べっぴん》さんだったんでしょうね」

「それがちっとも」

と、首を振って、「狩りにみえた殿様が、はぐれてうちへお寄りになり、飯を差し上げたのが、きっかけで」

「お目に留った、というわけですね」

「てっきり私をからかっておいでと思いました。でも、翌日にはご用人様が仕度金だと五十両を持って来られ……」

「そりゃ大金だ」

「私は……気が進みませんでした。幼なじみで、嫁に行くつもりの人もありましたんでね」

「なるほど」

「でも、もう村だけでなく、庄屋《しょうや》様もおいでになり、大騒ぎで。——否《いや》も応もなく、『おめでたいお話』ってわけで、何が何だか、さっぱり分んねえ内に、城中へ連れて行かれたですよ」

「すると絹さんは——」

「お絹って呼んで下せえ」

「お絹さんは、さぞ大変だったろうね、お城じゃ」

「そりゃ、もう……。礼法から、お茶に生け花、和歌にお琴と、毎日が死ぬかって思いで……。でも、何より大変だったのは、このしゃべり方を身につけることで」

想像するとおかしいが、結局、ちゃんとそれだけのものを身につけたのだから、もともと頭のいい娘ではあったのだろう。

「お殿様について、この江戸へやって来たのは嬉《うれ》しかったけどな。何しろ、一生江戸なんて所へは来られめえと思っとりましたで」

「なるほど。それで、そのお絹さんが俺に頼みってのは？」

「こいつを見て下せえまし」

お絹が取り出したのは手紙だった。

「これは……。お父《と》っつぁんからの手紙じゃないのかい？」

「父っつぁんは、読み書きも習った、えらい人でな。――おらの身をいつも案じてくれてる」

「この手紙でも、それは分るね」

薄暗がりの中でザッと目を通すと、細々と家族のことを書きつづり、「今は、『お絹様』となられし身ゆえ……」そうたやすくお目通りもできまい、と寂しがっている。

「こっちを読んで下せえ」

と、お絹がもう一つ取り出したのは、同じような手紙。

次郎吉はサッと読み切って、

「似たようなことは並べてあるが……」

「いかがでした？」

次郎吉は、お絹の言いたいことが、やっと少し分る気がした。

「これは別の人間の手じゃないかな」

お絹は座り直して、

「やはり、そう思われますか」

と、ていねいな口調になった。

「字は似せてあるが、どうも細かなところで違う気がする。――しかし、他人が、あんたの父っつぁんをかたって手紙を書くのかね」

「それが気になって仕方ねえんです」

と、お絹は本当の父からの手紙を大事そうに抱きしめて、「お父っつぁんの身に何かあったんではねえかと……」

「なるほど」

「鼠様。――お願いです。どうか……」

と、次郎吉の前に両手をついて――。

「旅に出る？」

小袖《こそで》は洗濯物を干しながら、「珍しいわね。どこへ遊びに行くの？　温泉にでも？」

「そんなんじゃねえよ」

と、次郎吉はため息をついて、「つい、断りきれなくってな」

わけを聞いて、妹の小袖は呆《あき》れたように、

「盗みに入って、頼まれごとをされて帰って来たの？」

「まあ……成り行きでな」

「でも――そのお絹さんって、面白そうな人じゃない」

「ああ、感心したよ。だから、むげに断れなくってな」

小袖は、ちょっと小首をかしげて、

「何か――よっぽど気になることがあるのね？」

「気になるというか……」

「相良藩藩主、相良右京《うきよう》様のご愛妾。ぜいたくができて、普通なら人の羨《うらや》むご身分ね」

「ところが、あのお絹さんはそうじゃねえ。故郷で言い交わしていた長吉《ちようきち》って若者のことが、今でも忘れられねえらしい」

「一途《いちず》な人なんだわね」

「できるものなら、百姓の娘に戻って、思い切り泥だらけになって汗をかきたい、と涙ぐんでいたよ」

「ただ……心苦しいのでございますが」

と、お絹はひと通り話し終えると、改って両手を前に揃え、「私はこうして飼われた小鳥よりも不自由な身。手元に小判一枚も持ち合せません」

「それはまあ……」

「千両箱の一つ二つもなければ、鼠様にとっては入る値打のないこの下屋敷。――私の勝手な願いを、もしお聞き届け下さいましても、私は何一つお礼を差し上げることができないのでございます」

次郎吉は微笑んで、

「盗《ぬす》っ人《と》に、金がなくて申し訳ありませんと謝る人は珍しい。まあ、お引き受けした以上、ご返事を持って改めて参上いたしますよ」

「ありがとうございます」

と、深々と頭を下げ、「鼠様……」

「他に何か？」

「何のお礼もできませんが……。こんな私でも、もしお気に召しましたら、この身を差し上げとうございます」

次郎吉は、さすがに面食らって、

「いや……まあ、その話はとりあえず、あなたの故郷を訪ねてからということで…

…」

と、少しあわてて立ち上ると、「では、また……」

と、襖《ふすま》を開け、廊下へ滑り出たのである。

「──何をぼんやりしてるの?」

と、小袖に言われ、

「え?　いや、何でもねえ。ちょっと寝ぼけたかな」

わざとらしく笑ったのを、小袖はうさんくさげに眺めていた……。

村への道

「妙だな……」

次郎吉は足を止めると、今来た道を振り返った。

峠を回る山道は、そうきつい坂でもないのだが、妙に遠回りにできている。

少し行くと、茶店があった。

「ごめんよ」

と、床机へ腰をおろす。

「いらっしゃいませ」

と、主人が出て来る。

「茶を一杯くんな」

「は、ただいま」

次郎吉はあまり長旅を好まないけれど、健脚である。二日でこの峠までやって来た。

「――ありがとうよ」

と、茶をすすって、「旅人は多いかね」

「まあ、それほどでもございませんが」

と、主人が笑った。「お客様は江戸の方で」

「ああ、ちょっと知り合いを訪ねて行くところでね」

と、次郎吉は言って、「この辺から下ると、小沼《こぬま》村って所があると聞いたんだが、知ってるかね」

「さて……」

主人は首をかしげて、「小沼村……でございますか。どうも聞いたことがございませんな」

「そうかい。じゃ、どこかで道を間違えたか、それとも村の名前を聞き違えたかな」

「ああ、そうかもしれませんね。どこぞにありそうな名ですが」

「うん……。ともかく、ここを行くと宿場だね」

「はい、三里ほどで。いい宿もございますよ」

「そうか。――じゃ、そろそろ行こう。ここに置くよ」

「ありがとうございました」

主人の声を背に聞いて、次郎吉は下りの道を辿《たど》って行った。
二、三度道を曲ったところで、素早く道の傍の木立ちの間へと姿を隠す。
少し待つと、小走りの足音が聞こえて、

「――どこへ行った！」

と、息を弾ませているのは、どう見ても武士。

「足の速い奴ですな」

一緒について来たのは、さっきの茶店の主人である。

「いずれにしろ、今夜はこの先の宿」

「見付けるのは造作あるまい」

あの茶店の主人を侍と見抜いていたので、次郎吉は身を隠したのである。

なぜ侍が、茶店の主人に化けているのか。

お絹の説明の通り、道を辿って小沼村を捜したが、見付からない。

次郎吉は、どうもいやな予感がしていた……。

日暮れどき、茶店の近くまで戻ってみると、あの主人が店を閉めているところで、

「あと三日で終りだ」

と、誰やらと話している。「早いところ交替してほしいものだよ」

――見ていると、やがて、主人ともう一人、やはり姿は茶店の者だが、身のこなしは侍の男と一緒に馬に乗って、道を下って行ったのである。

侍がこの茶店に交替で詰めている。しかも、侍と見えないなりをして。

これには裏がある、と次郎吉は見た。

月夜のはずだ、と盗っ人の勘はさすがで、夜まで待って、次郎吉は茶店の前までやって来た。

月明りで、見るには困らない。

「大体、どうしたって妙だ。こんな中途半端な場所に茶店は出さないだろう」

どこか、峠にあったのを、ここへ移したのに違いない。

次郎吉は茶店の外を回って、裏へ出た。

「やはりそうか……」

わざわざここへ茶店を移したのは、何かわけがあると思った。

ちょうど茶店で隠れる裏手に、山を下る道があった。今は大分草が伸びているが、

それでも道ははっきりと見分けられる。

次郎吉は月明りを頼りにその道を辿って行った。

――しばらく行くと、眼下に田んぼが広がって、わらぶきの農家がいくつか目に入ってくる。

しかし――そのどこにも明りは灯《とも》っていなかった。

平地へ下りると、次郎吉は立ちすくんだ。

「何てこった……」

見下ろしたときは分らなかったが、田も畑も雑草に覆われて、全く手が入っていない。

家々も、荒れ果てていた。人はいない。中には焼け跡と化している家もある。

まるで、野盗にでも襲われたかという惨状だが、今どき野武士が暴れるなどとは聞いたことがない。

これが小沼村に違いない。しかし、ここは「死の村」。「死に絶えた村」だ。

一体何があったんだ？

村の中を歩いて行くと、立派な構えの庄屋《しょうや》の家と思われる建物があった。

次郎吉は足を止めた。

かすかに煙の匂いがする。――門構えの中へと足を踏み入れると、やはり荒れ果てた家の奥で、火がチラチラと揺れている。

「誰かいるのかね」

と、声をかけると、その火の前で飛び上った人影は、あわてて崩れそうな家の中へと駆け込んで行った。

次郎吉はその火で小さな川魚を焼いているのを見て、

「心配しなさんな。俺は江戸から来た者だ。役人や侍じゃねえ。——出ておいでなさい」

と、呼びかけた。

しばらくは反応がなかったが、やがて、カタンと戸が動いて、黒く汚れた顔が覗《のぞ》いた。

「一人かね」

と、次郎吉は言った。

「——何しに来た！」

震える声は女のものだった。

「この小沼村に訪ねる人があってね。しかし、もう村はなくなっちまったらしいね」

おずおずと出て来たのは、ボロボロの浴衣《ゆかた》をまとっただけの若い女で、

「ここの者は……みんな死んだことになってるんだ……」

と、かすれた声で言った。

「さっき、清流でくんだ水だ。飲みな」

と、竹筒を取り出すと、女は震える手で受け取り、ガブガブと一気に飲んだ。

「腹が空《す》いてるんだろう。せっかく獲《と》った魚だ。早く食べな」

次郎吉は、女が貪《むさぼ》るように魚に食いつくのを、痛ましい思いで見ていた。

女はすぐに火を消して、

「時々、お侍が見回りに来るんだ……」

と言った。

「この村の人かね」

女は肯《うなず》いた。

「そうか。――この有様はどういうわけなんだ？」

女は地べたに座り込むと、

「そんなこと聞いて、どうしようっていうんだい？」

と言った。

「村がどうなったのか、知りたいのさ」

女は半ば放心したように月を仰いで、

「ある晩、突然、お侍たちが襲って来て、皆殺しになったのさ」

と言った。

「どこの侍だ？　浪人か」

「浪人？　浪人なんかじゃねえ。相良藩のお侍たちだよ」

「では相良右京の家臣が？　どういうわけで？」

「さっぱり分らねえよ……。私は一人、床下の穴に隠れて助かったけど、私を隠してくれた兄ちゃんは……」

と、声を詰まらせる。

「殺されたのか」

「それが——どうしてか、兄ちゃんは生きて捕えられて……。お侍が、『長吉は殺すな！　生け捕りにしろ！』と怒鳴ってた」

「待ってくれ」

と、次郎吉は言った。「長吉と言ったか？　それは、この村から相良右京の側室になった、お絹さんの……」

「どうして知ってるんだい？」

「やはりそうか。ではお前は長吉さんの妹かね」

「ええ。——お藤《ふじ》っていうんだ」

「すると長吉さんは生きてるかもしれないのか？」

「分らないよ……。あれからもう三月《みつき》もたってる。きっと兄ちゃんも……」

と、涙で声が途切れる。

そのとき、次郎吉は近付いてくる馬の蹄《ひづめ》の音に気付いて、

「誰か来る！」

と、鋭く言った。「隠れるんだ」

「お侍だ……」

と、怯《おび》えて震えている女を抱きかかえるようにして、次郎吉は崩れかけた小屋のかげへと走り込んだのだった……。


馬で庄屋の屋敷へ乗り入れて来た二人の侍は、

「煙が匂うな」

「魚を焼いた匂いですな」

一緒に馬を下りると、一人が灰の所へ手を当てて、

「まだ暖かい。近くにいるぞ」

と言った。

四十がらみの、眼光の鋭い侍である。

あいつは腕が立ちそうだ、と次郎吉は思った。

「浅倉《あさくら》」

と、もう一人の年の若い侍へ、「屋敷の中を捜せ。俺は庭を見る」

「はあ。――しかし、谷岡《たにおか》様」

「何だ」

「夜ですし、捜すといっても――」

「捜すのだ！　それが我々の務めだぞ」

「心得ておりますが……。では」

「抜かるなよ」

谷岡と呼ばれた侍は油断なく刀の柄《つか》に手をかけて、庭の木々の中へと分け入って行った。

次郎吉は炭小屋のかげでお藤という娘をしっかり抱きしめてじっと息をひそめていたが、

「あの侍が戻って来る前に、逃げよう」

と、お藤の耳に囁《ささや》いた。「手を離すな」

お藤が小さく肯く。

次郎吉はお藤の手を引き、小屋の外側をグルッと回ると、侍たちの馬の後ろを通り抜けようとした。

すると——あの若い方の浅倉という侍が、屋敷から出て来たのだ。

中をちゃんと捜せばもっと手間取っているはずだが、どうやらあまり気が進まないらしく、縁側に腰かけて、困ったように谷岡の姿をキョロキョロと捜している。

動くに動けず、じっと息をひそめていると、馬が気配を感じたのか、低くいないなないて蹄を鳴らした。

「誰だ?」

と、浅倉が立ち上った。「誰かいるのか」

その声に怯えたのか、お藤が突然次郎吉の手を振り払って飛び出してしまった。

「おい、待て!」

浅倉がびっくりして、お藤を追いかける。

次郎吉は一瞬迷った。お藤を助けに行くべきか。

しかし、相手が侍二人では、無傷であの娘を助けるのも容易でない。それに、浅倉という若侍は、

「待て! 乱暴しないから、おとなしくしろ!」

と、お藤を取り押えても、手荒なことはしていない。

「見付けたか」

と、谷岡という侍が戻って来た。

「娘です。——このなりを見ても、山の中で隠れていたのでしょう」

「斬り捨ててもいいが、他に隠れている者がいるか、訊《き》き出そう」

と、谷岡は言った。「縛り上げて連れ帰るぞ」

「はい」

浅倉は、お藤を殺さずにすんでホッとしている様子なのが、見てとれる。

次郎吉は静かに暗がりへと動いた。

手足を縛られたお藤を馬にのせ、二人の侍は庄屋《しょうや》の屋敷から出て行った……。

暗黒の中

「お藤か……」

と、浅倉は言った。「するとお前は長吉の妹か」

お藤は答えずに、暗い目でじっと浅倉を見上げていた。

浅倉は目をそらしてしまった。

「ともかく、今夜は牢《ろう》で過すんだ」

と、浅倉は立ち上ると、「話はまた明日聞く」

牢番の方へ、連れて行けと合図した。

お藤は縄を解《ほど》かれていたが、逃げ出すような元気もなく、牢番に促されてようやく立ち上った。

浅倉が行きかけると、お藤が言った。

「兄ちゃんは死んだのかね？」

浅倉がギクリとして足を止める。

「兄ちゃんは……どうなったんだ？」

「俺は知らん」

と、浅倉は言い捨てて、「早く連れて行け！」

お藤が引立てられて行くと、浅倉は初めて振り向き、牢の方を見て、かすかにため息をついた。

「浅倉」

と、あの谷岡という侍がやって来た。「何か吐いたか」

「一人きりだと言っております。他には誰も生き残っていないと」

「怪しいものだな。責めたか」

「いえ……。娘ですし」

「そんな手ぬるいことで、どうする！」

と、谷岡は叱りつけた。「行方知れずの村人が、まだ三、四人はいただろう」

「ですが、あの娘は長吉の妹で——」

「長吉の妹だと？」

谷岡がとたんに厳しい顔つきになって、「ならばなおさらのことだ。——生かしてはおけぬ」

「ですが、兄のことは何も知りませぬ」

「殿のご命令だ。お前がやらぬなら、俺が斬る」

「いえ……。承知いたしました」

浅倉は一礼して、「今夜の内に片付けます」

「間違いなくやれよ」

谷岡は肯《うなず》いて見せ、「あの娘を捕えたのはお前の手柄。ご家老にはその旨、申し上げてあるからな」

「恐れ入ります」

谷岡は足早に行ってしまった。

浅倉はしばし立ち尽くしていたが、やがて刀を抜き放つと、激しく空を切りつけた。

そして、

「どうせやらねばならんのか……」

と呟《つぶや》くと、刀を納め、牢へと向った。

裏庭から一段低く下りた所に牢が作られている。石の床が冷え冷えと光っていた。

牢番が居眠りしているのを叩《たた》き起こすと、

「呼ぶまで詰所にいろ」

「はい！」

牢番があわてて行ってしまうと、浅倉は格子戸の中を覗《のぞ》いた。

お藤が小さく丸まって寝ている。——眠っているのなら、いっそそのままでいてくれ。

錠を外して、中へ入ると、しかしお藤は起き上った。

「眠っていたのではないのか」

と、浅倉は言った。

「眠れるもんか」

「そうだろうな……」

浅倉は腕組みをして、「だが、お前を眠らせねばならん」

「私を殺すの？」

と、お藤は訊いて、「それなら、せめて教えて！　兄ちゃんは生きてるの？　死んだの？」

浅倉は苦しげに眉《まゆ》を寄せて、

「俺には答えられんのだ」

「どうして？」

「答えてはならんと、固く申し渡されている」

「じゃ、兄ちゃんは生きてるのね！　死んだのなら隠すことないものね」

お藤は浅倉へ駆け寄って、「お願い！　死ぬ前に、兄ちゃんにひと目会わせて！」

「それはできん」

「いいじゃないか！　どうせ私を斬るんだろ？　それぐらいの情けもないの？」

浅倉はお藤に背を向けた。

「それじゃ……。私がこうしても？」

お藤が腰の紐《ひも》を解くと、浴衣《ゆかた》を脱ぎ捨てた。

振り向いた浅倉は、青白い娘の肌が震えているのを見て、息を呑《の》んだ。

「お前は……」

「こんな薄汚れた女なんか、見たくもないかもしれねえけど……。他にあげられるもんもないから……」

じっと浅倉を見つめる眼差《まなざ》しは、ただひたむきで、命を捨てる覚悟を語っている。

浅倉は刀に手をかけたが――抜けなかった。

張りつめたものがフッとゆるむと、浅倉はよろけて格子戸にもたれかかり、

「逃げろ」

と言った。

「どうして……」

「今なら、裏の木戸から出られる。早く行け」

「でも――」

「早く行ってくれ！　俺には斬れん」

浅倉は固く握りしめた拳《こぶし》で、格子戸を打った。――血のにじんだ手で頭を抱える。

「お侍さん」

と、声がした。

ハッと顔を上げ、

「誰だ」

「浅倉さんとおっしゃいましたね」

旅姿の次郎吉が、格子戸の向うに立っていた。

「お前は――」

「ちょいと係《かかわ》り合いの者で」

と、次郎吉は言った。「浅倉さん、あんたはこの娘に負けなすったね」

「ああ……。俺にこの娘ほどの覚悟はない。せめて侍らしく、負けを認めたい」

「ご立派なことだ。ですが、その娘を逃がしたと分れば――」

「分っている。腹を切る覚悟なら、俺にもある」

と答えて、「隙のない身のこなしだ。ご公儀のお庭番か？」

「とんでもねえ」

次郎吉は笑って、「そんなものとはまったく縁のねえ者ですよ。まあ、お絹さんの友達とでも申し上げときましょうか」

「お絹様の？」

お藤が脱いだ着物を胸に押し当てて、

「お絹さんを知ってるのかね」

「ああ。お絹さんは、父親に何かあったのではと心配して、俺に見て来てほしいと頼んだんだよ。しかし、まさか村ごと消されちまったとは……。浅倉さん。一体何があったんです？　この子の覚悟に負けたとおっしゃるなら、一部始終、話しちゃいただけませんかね」

「いや……それは……」

浅倉はうずくまるように座り込んで、「相良藩の存亡に係ることなのだ」

と、呻《うめ》くように言った。

「帰ったぜ」

ガラリと戸が開いて、次郎吉が言った。

「何よ、こんな夜中に帰って来て」

小袖は布団から出て、「――あら、お客様？」

疲れた様子の若い侍が入って来ると、

「お邪魔いたします……」

と、小袖に一礼する。

「まあ……。どちらのご家中？」

次郎吉が答える前に、駕籠《かご》から降りた男が一人、若い娘に手を引かれて、よろけるように入って来た。

「まあ……。一体どうしたんです、その目」

小袖が思わず息を呑んだ。

「両目を焼かれて潰《つぶ》されたんだ」

と、次郎吉は言った。「長吉さんと、妹のお藤さんだ」

小袖は素早く戸を閉めると、

「ずいぶん物騒なことに係ってるようね、兄さん」

「まあな。――お三人とも、疲れておいでだろうが、ここに置けばすぐ人目につく。

小袖、すまねえが、この人たちを例の寺へ」

「そうね。それが一番だわ」

小袖はすぐに身仕度をした。

「次郎吉さん……。私たちのために、危い目に……」

と、お藤が言った。

「なあに、そういうことには慣れてる。ただ、ゆっくり休めるのは、俺の親しくしている住職のいる寺だ。貧乏寺だが、まずめったに人は来ない。あと少し辛抱して歩いてくれ」

と、次郎吉は言った。「駕籠で行くと、後で突き止められる。ここはもうひと頑張りして、歩いてもらうしかない。この小袖が案内する」

「兄さんは？」

「後を尾《つ》けられていなかったか、よく確かめる。下手をすりゃ、この長屋中が皆殺しになるかもしれねえ」

「まあ、怖いことね」

と、小袖は首をすぼめて、「じゃ、皆さん、どうぞ裏から。狭い道を抜けますが、まず人には見られません」

やつれ果てた様子の長吉は、

「俺はもう……どうなってもいい。お藤に会えて、あの地下牢《ろう》から出られただけで……」

と、かすれた声で言った。

「諦《あきら》めないで、兄ちゃん！」

と、お藤は長吉を支えて、「生きのびてやらなきゃ！　悔しいじゃないの！」

と、涙ぐみながら言った。

「そうだとも。――浅倉さん。あんたも、命を大事になさるこってすぜ」

浅倉は黙って頭を下げた。

「水を一口……飲ませて下せえ」

と、長吉が呻くように言った。

――小袖が長吉たちを案内して出かけた後、次郎吉はしばらく様子をうかがって、尾けられていないことを確かめると、上り込んで畳の上に大の字になった。

自分一人ならともかく、目の見えない、しかも体の弱った長吉、お藤、それに、ずっと「俺は武士として恥ずかしい」と悩んでばかりいる浅倉。三人を連れて、ともかくこの長屋まで辿《たど》り着いたのは、奇跡のようなものだった。

こうまでしなくても、と……。正直、途中で三人を旅に出して帰りたくなったが、お絹との約束、それに相良藩主のあまりに非道なやり方への怒りが、結局次郎吉を頑張らせてしまったのだ。

特に長吉は、ひと思いに殺せばいいようなものを、お絹の心にいつまでも長吉への思いがあるのを嫉妬《しっと》しての、藩主の仕打だったのだから……。

お絹に、父親の死を気どられまいとして、字を似せた手紙を書かせたのだって、藩主に違いないが、それも残酷なことである。

「言いにくいが……言わにゃならねえ」

と、次郎吉は起き上った。

長吉たちが逃げ、浅倉が姿を消した以上、相良藩としてもあわてていよう。

「今夜の内に……」

と、次郎吉は呟《つぶや》いて立ち上った。

行き方知れず

お絹は目ざめると、少し離れた所に、鼠が片膝《かたひざ》ついた格好で控えているのを見て、びっくりした。

「まあ……。いつの間に」

と、恥ずかしげに胸をかき合せ、「寝顔をご覧になっていらしたのですね」

「この薄明りじゃ、よく見えませんがね」

と、次郎吉は言った。「ご心配なく、隣のお女中とお侍にはぐっすり眠っていただきました」

「それで……」

「お絹さん」

と、次郎吉は座り直して、「あんたに隠し事をしても仕方ねえ。ありのままを申しますから、心を強く持って聞いて下せえ」

お絹は布団の上に正座すると、

「お父《と》っつぁんは……亡くなったんですね」

「確かに」

と、次郎吉は肯《うなず》いた。「だが、それだけじゃねえ。どうか黙って聞いて下せえ」

お絹は静かに肯いた。

――次郎吉の話を聞く内に、お絹は真青になり、震えた。

「お絹さん、あんた半年ほど前に、百万石のお大名の相手をしたことがおありで？」

と、次郎吉が訊《き》くと、

「――はい」

と、お絹は肯いた。「殿様のたってのお願いで、私はむろん気が進みませんでしたが……」

「そのお相手の奥方が亡くなられたんだそうでね。その百万石の大名から、ぜひあんたを譲り受けたいと申し入れて来たそうだ」

「まあ」

「貧乏な相良藩にとっちゃ、その大名に恩を売ることで大いに助かる。それで、一も二もなく、承知したそうでね」

「私は何も聞かされちゃおりません」

「女一人、品物のようにやりとりするとは、お侍の世界も厄介だね」

と、次郎吉は言った。「ところが、その大名の母親が口を挟んで来た。どんな美女か知らんが、小大名の妾《めかけ》を嫁にもらうなど、とんでもない、と」

「では……」

「ここの殿様も交えて、色々ややこしいことがあったらしいが、結局あんたが公家《くげ》の出だというので、向うも納得したという。だが、『確かに公家の出なのだろうな』と、念を押されて、こちらの殿様は自分のついた嘘に青くなった。もし調べられれば、あんたがどこの生れか、すぐに分ってしまうだろう」

「では、そのために?」

「ひでえ話だが、その通りだ」

と、次郎吉は肯いて、「今さら嘘だったとばれたら、先方がどんなに腹を立てるか。相良藩など吹っ飛んじまう。それで殿様は、あんたの生れ故郷を、村ごと消してしまうことにしたんだ」

「そんなむごい……」

お絹は震えた。

「全くだ。——一夜、相良藩の侍たちは、藩命を受けて村を襲い、一人残らず村人を殺してしまった。わずかに逃げた者も、ほとんどが捕えられ、秘《ひそ》かに討たれた」

と、次郎吉は言った。「その上で、ご公儀には疫病のために村が全滅したと届け出ていた」

「私の……私のために……」

「まあ、聞きなせえ。藩のお侍の中にも、そのむごい仕打に苦しんでいる者も少なくねえらしい。その一人の浅倉さんというお侍が、すべてを打ち明けて下すったんでさあ」

「では、そのことは……」

「放っちゃあおけねえ。大目付の耳に入りゃ、お調べの上、相良藩はお取り潰《つぶ》しになるだろう」

「でなけりゃ……村のみんなが浮かばれません」

と、お絹はうつむいて泣いた。

「――お絹さん」

と、次郎吉は言った。「これからどうなさるね」

お絹は涙にくれた顔を上げると、

「近々、殿にはこのご寝所へお渡りのはず。床の中でなら、懐剣一つあれば充分です」

「そしてご自分も死ぬ気だね。いけねえよ。あんたは生きてなくちゃ」

「でも――」

「ここから逃げやしょう。そして、もう故郷の村にゃ帰れねえが、どこぞで生れ変って暮らしなせえ」

「そんなことが……」

「できますとも」

次郎吉は懐から包みを取り出し、「こちらのお女中と同じ着物だ。これにお着替えなさい」

「逃げるのですか」

「そう。長吉さんと、妹のお藤さんが、生きのびてあんたをお待ちだ」

お絹が両手をついて、

「長吉さんが！　本当でござんすか」

「だが、捕えられている間に、不自由な体になんなすった。それはお覚悟なせえよ」

「何であれ、生きてさえいてくれりゃ……。ちょっと待っておくんなさい」

次郎吉の目の前でも構わずに寝衣を脱ぎ捨てる。——次郎吉はちょっと目をそらしていたが……。

「じゃ、お絹さん。ついておいでなさい」

と、腰を上げた……。


寺を訪ねた次郎吉は、さびれた本堂の裏手の小屋に顔を出し、

「やあ、大分元気になったようだね」

と言った。

「次郎吉さん」

お絹が立って来て、「何ぞ変りは……」

「相良藩はお取り潰しになると決ったようだ。世間じゃ、『お絹様に逃げられた、馬鹿な殿様』と評判だよ」

「まあ」

「次郎吉さん……」

お藤が長吉の手を引いて現われると、「兄ちゃんもこの通り」

「良かった。——お絹さんがあんたの目になってくれましょう」

「へえ。何とお礼申し上げていいか……」

「それより、いつまでもここに隠れてるわけにゃいかねえ。もう少し体力がついたら、あんたたち三人で、どこかへ旅に出なさい」

「ありがとうございます」

と、お絹が言って、「いけねえ。つい、まだお大名屋敷の言葉が出ちまうだ」

と笑う。

「これは次郎吉殿」

と、声がして、

「浅倉さん！　あんた……」

次郎吉は、頭を丸めて、くたびれた僧服に身を包んだ浅倉がやって来るのを見て、目を丸くした。

「こちらのご住職にお願いして、修行させていただくことにいたしました」

と、浅倉は両手を合せた。「あの村の人たちのために祈りたいのです」

「なるほど。それがいい。——あの村には、生き残った何人かが戻ったようですぜ」

「私の他に、殺せなかった者もいたのです。どうしても」

「それが当然ですよ」

と、次郎吉が言ったとき、

「アッ！」

と、浅倉が肩を押えてよろけた。

「おのれ！」

剣を手に、浪人姿の男が立っていた。「主君を裏切りおって！」

「谷岡さん！」

「貴様のおかげで、我らは浪々の身だ。斬らねばすまさぬ！」

「そいつは筋が違うぜ」

と、次郎吉は言った。「そもそもあんたの殿様が領民を殺せと命じたとき、あんたたちは民百姓を裏切ったんだ」

「こやつ！　成敗してくれる」

谷岡が剣を振り上げると、小太刀《こだち》がその背に突き立った。

「――小袖か」

谷岡は二、三歩よろけて、どうと突っ伏した。

「危いところよ」

小袖はやって来て、谷岡の背から小太刀を抜いた。

「なに、浪人暮しで大分腕は落ちてたぜ」

次郎吉は浅倉を助け起こし、「すぐ手当をしてもらいましょう」

「かたじけない……」

肩の傷を押えて、浅倉が立ち上るのを、次郎吉は支えて、本堂へと連れて行った。

住職に後を頼んで、本堂を出ると、お絹が一人、立っていた。

もう浮世絵のような色白な美女ではないが、ずっと活《い》き活きとして若返っている。

「鼠様……」

「そう呼ばれると……。ただの甘酒屋の次郎吉と」

「そうでした」

お絹は目を伏せて、「お約束も果せず、気になっておりましたが……」

「お約束？」

「お願いを聞き届けて下されば、この身を差し上げますと……」

「ああ、そのことかね。長吉さんに恨まれても困るんでね」

「そうおっしゃっていただけると……。では、せめて……」

お絹が次郎吉の唇に自分の唇を重ねた。

そして真っ赤になると、小走りに裏手へと駆けて行く。

次郎吉は、ちょっと咳払《せきばら》いして、

「千両箱の代りか……。値千両とは、このことだな……」

鼠、猫に追われる

御用提灯

呼子《よぶこ》が鳴る。

〈鼠《ねずみ》〉の次郎吉《じろきち》は、身軽に屋根から屋根へと身を躍らせて行った。

どこをどう逃げて、どこへ出れば逃げ切れるか、次郎吉の頭の中ではしっかり道筋ができている。

いつも屋根の上を歩いているわけではないが、普段ぶらぶらと江戸の市中を散歩しているときも、屋根を直している家や、古びて踏み抜きそうな家は目にとめて、憶《おぼ》えておくのだ。

常に下調べや当日の確認を怠らない。身が軽いからといって、過信は禁物である。

次郎吉は足を止め、追手の動きをうかがった。

御用提灯《ちょうちん》が数十、遠い小路を抜けて行く。——大丈夫。こっちへ向っていない。

あの道は行き止りで、追う方が混乱しているのだろう。

「今日は働き損だな」

と、次郎吉は呟《つぶや》いた。

千両箱を盗み出したものの、あんまり軽いので、途中で開けてみたら、中はほんの二百両ほど。

「どうも、不景気だね」

邪魔なので中身だけ懐に入れ、空の千両箱は目立つように、大店《おおだな》の看板に引っかけておいた。

すると、突然、

「おい！　いたぞ！」

と、すぐ近くで声がして、次郎吉はさすがにギクリとした。

畜生！　どこで見落としてたんだ？

次郎吉は素早く身を伏せて、屋根に這《は》いつくばった。まず、相手がどこにいるかだ。

ところが――。

「おい、そっちだ！」

「逃がすな！」

バタバタと足音が次郎吉のいる屋根の下を通り過ぎて行ってしまった。

どうしたんだ？

次郎吉は身を起こした。

「あそこだ！　そっちへ回れ！」

という役人の声。

どうやら次郎吉でない、別の誰かを追っているらしい。

「びっくりさせやがって……」

と、苦笑した次郎吉は、初めに決めた通りの道筋で行くことにして、いつも通りの軽やかな足取りで走り出した。

そして、一段高くなった屋根へ出たとたん、その「誰か」と面と向っていたのである。

自分と同様の、黒ずくめのいでたちだが、向うもびっくりして足を止めている。

次郎吉は、ここで声を上げて捕手をわざわざ呼ぶことはないので、身振りで、

「あっちへ行け」

と、目につかない路地の方を指さした。

相手も合点したのか、小さく肯《うなず》いて、素早く瓦《かわら》の上を駆け抜けて、隣の屋根へ軽々と飛び移って行った。

やるな。――次郎吉は感心した。

飛び移るのはそう難しくない。向うの屋根に、ほとんど音をたてずに下りるのが容易ではないのだ。

むろん、頭巾《ずきん》をかぶって顔は見えないが、あの動きは……。

おっと。感心している場合じゃない。

こっちが逃げ遅れたんじゃ、笑い話にもならねえ。

次郎吉は傾いた屋根の上を巧みに渡って行って、予定した通りの稲荷《いなり》の中へと下り立った。


「瓦版、読んだ？」

と、妹の小袖《こそで》が言った。

「そんなもの読まなくても、別に困らねえ」

次郎吉は欠伸《あくび》をして、「何か面白い話でも出てるか？」

「〈猫〉が出たって」

「何だ？　野良猫ぐらい、どこにでもうろついてるぜ」

「そうじゃないわよ。〈猫〉って泥棒が現われたって、大騒ぎ」

「〈猫〉だって？」

「材木商の蔵から五百両盗み出して、後に猫の足跡を壁に描いてたって。――〈鼠〉の向うを張って、新たな盗賊って話でもちきりよ」

「〈猫〉か……」

「大して驚いてないわね。知ってたの？」

と、小袖は訊《き》いた。

「お前——盗《ぬす》っ人《と》稼業をやりゃしねえよな」

「私が？　どうして私がそんなことしなきゃいけないの？」

「いや、あの身のこなしは並じゃねえからさ」

「兄さん、見たの？」

「ああ。屋根の上でバッタリ出会った」

「へえ……」

「あれが〈猫〉だろう」

「待ってよ。じゃ、〈猫〉っていうのは女だってこと？」

「ああ。口はきかなかったが、間違いねえ。体つきも動きも、若い女のものだった」

「女で、そんな身軽な……」

「そりゃ、探しゃいないことはないだろうぜ。ただ、大店の蔵を狙ったってのが、〈鼠〉と違うところだな」

「そうね……。でも、またどこかに入るつもりだと思う？」

「それだけうまくやったんだ。まあ味をしめて、またやるだろうな」

と、次郎吉は言った。「おい、飯は？　何かないのか」

「私はこれから道場。何かその辺で食べて」

と、小袖はさっさと仕度をして出て行ってしまった。

「全く……。勝手なところは〈猫〉そのものだけどな」

と、次郎吉はグチった……。

秘めごと

「久助《きゆうすけ》。——何をしてるの」

と、お峰《みね》が呼んだ。「早く戻らないと、お父《と》っつぁんが帰ってくるわ」

「今日は旦那《だんな》様は夜になりますよ」

と、久助は縁台から離れて、「大崎《おおさき》様のところへうかがえば、必ず一局始まりますから」

「でも、お前……」

お峰は久助の膝《ひざ》に頭をのせて、「人目を忍んで、せっかくこうして会っているんだから……」

「お嬢さん——」

「よしとくれ、他人行儀な。お峰って呼んでおくれよ」

「人前で、もし口に出たらことでしょう。用心しないと」

「気が小さいね、お前は」

お峰は久助の手を取って、自分の胸へと誘った。

「裸で叩《たた》き出されたかあないですからね」

「だって――もう遅いよ、今さら」

お峰は久助を畳の上に押し倒すと、「お前を誰にもやるもんか。決して」

と、その胸にすがりついて行った……。

反物の商いで成功した〈豊後屋《ぶんご》〉の一人娘、お峰と店の手代、久助の仲はこの三か月ほど続いている。

色白で優しげな久助は、お峰が父親にすすめられる縁談の相手とは正反対で。――父親は娘の嫁入り先を、商売に役立てることしか考えていないから、およそ二枚目とは言えない、十歳も二十歳も年上の商人ばかり。

お峰が久助にひかれて行ったのも当然かもしれない。

「――雨ですよ」

と、久助が身を起こした。

「雨だからどうなの」

「濡《ぬ》れて帰ったら、どこへ行っていたのかと咎《とが》められますよ」

「いいじゃない。私のお供で出かけたって言えば」

「番頭さんから、旦那様の耳に入ります」

「ああ……。お前はどうしてそうビクビクしてるの」

「仕方ありませんよ。こんなことがばれたら、旦那様に殺されます」

船宿の二階。——他に客もない時刻ではあるが、いつもここを使っているので、店の主人には特に色をつけた払いがしてあるのはもちろんである。

階段の下から、

「お嬢様」

と、おずおずと呼ぶ声がした。「——お嬢様」

お峰は起き上って、

「うるさいわねえ……。なあに?」

「もうお戻りになりませんと……」

「分ってるわよ!——ああ、つまらない」

「本当に、戻った方が。私はこれから外を回って帰ります」

「いいわ。でも、明日も会っておくれ」

と、お峰はすねたように言った。

「無茶言わないで下さい。週に一度だって、こうして抜け出して来るのは大変なんです」

「会いたいと思えば、何とかするものよ」

と、お峰は苛々《いらいら》と、「帯が曲っちゃった。——お里《さと》！　お里、上っといで」

トントンと足音がして、障子がそっと開く。

「何やってるの。ね、ほら、帯を直して」

「はい」

入って来たのは、ほっそりとした十五、六の娘で、振袖《ふりそで》姿のお峰とは対照的に、いい加減くたびれた古着。

「——お嬢様、髪もこれでは、すぐに見咎められます」

「じゃ、うまく直してよ。お前の仕事だろ」

「はい。お待ち下さい」

お里、と呼ばれた娘は、たもとから小ぶりなくしを取り出して、型の崩れたお峰の髪を直し始めた。

「じゃ、私は先に出ます」

と、久助は自分の身づくろいをすると、「お里、頼むよ」

「はい……」

久助は、お峰の着付の乱れを直すお里の手ぎわを少し眺めていたが、

「お前は器用だね。お嬢様も助かっておいでだ」

「そんな……」

と、お里は少し照れて、それでも嬉《うれ》しそうに頬を染めた。

「早くおしよ。——払いは済ませたの？」

「はい」

お里は帯を真直ぐにして、「——これでお店までは保《も》ちます。お部屋に入られたら、『濡れたから着替える』と、おっしゃって下さいませ」

「分ってるわよ」

久助はもう行ってしまった。

お峰は立ち上ると——ふとめまいを感じて、お里につかまった。

「お嬢様！　ご気分が……」

「大丈夫。ちょっとフラッとしただけよ」

と、一息つくと、「もう何ともないわ」

「それならよろしいですけど……」

と、お里は口ごもった。

「——何よ。言いたいことでもあるの？」

「いえ……。ただ、お嬢様、このところ遅れておいででは。あの……」

お峰が表情を硬くして、

「だからどうだっていうのよ」

「もし、あの……万が一……」

「余計な心配するんじゃないよ！」

と、お峰は振り向きざま肘《ひじ》でお里をつっこうとした。

だが、ちょうどお里はお峰の帯の歪《ゆが》みが気になって直そうとしたところで、近付けた顔に、抜け落ちたかんざしが当った。

「アッ！」

と、顔を押えて、お里がよろける。

「お里――」

お峰も思いがけないことで、びっくりしている。「どうしたの？」

顔を押えた指の間から真っ赤な血が一筋流れた。

「お前……。けがしたの？　今、そのかんざしが……」

お峰がオロオロして、「わざとやったんじゃないよ……。どう？　大したことないんだろ？」

お里は、手拭《てぬぐ》いを取り出すと、頬に当てた。

「浅い傷です」

と肯《うなず》いて、「大丈夫です」

「ごめんよ……。つい、苛々していて……。お前のおかげで、こうして久助に会ってられるっていうのにね。痛むかい？」

お峰は、今になって、お里がいつも「見張り役」でついていてくれることで、こうして逢《あい》びきを重ねていられると気付かされた。

「血は止りました。――このかんざし、懐へ」

「うん。いえ、お前にあげるよ」

「こんな派手な物、いただいても着けて歩けません。――さあ」

お里は頬の一寸ほどの傷をそっと押えて、「お嬢様、参りましょう」


「遅かったな」

安宿の離れの戸が開くと、浪人が言った。「金は？」

「そう飲んでばかりじゃ困りますぜ」

ガラリと違う口調で入って来たのは久助である。

「今日も、あの馬鹿娘の相手か」

部屋にたむろしているのは浪人二人と、遊び人らしい男が二人。

「こっちも楽じゃねえんだ」

と、久助は言った。「そっちも、やることはやってもらわねえと」

「やるとも」

浪人の一人が刀を手にして言った。

「しかし、生娘の体を好きにしておいて、こづかいももらえるんだから、いい商売じゃねえか」

と、寝転んでいた男がからかうと、久助はいきなり立ち上って、男をけりつけた。

「いてえな！　何しやがるんだ！」

と、腕まくりするのを、

「ふざけるんじゃねえ！」

久助は別人のように鋭い目つきでにらみつけて、「いいか。一歩間違やあ獄門だぞ。ふざけ半分でいるのなら、今の内にどこかへ消えやがれ！」

その勢いに相手はすっかり呑《の》まれて、

「いや……、ちょっとふざけて見せただけだろ。そう怒るなって」

と、首をすぼめて、「悪かったよ」

「いいか。お前一人がお縄になって済むのなら構わねえが、俺たちまで道連れじゃ困るんだ。よく考えろ」

「分ったよ……」

「久助」

と、年かさの浪人が体を起して、「そろそろ日取りを決めた方がいいのではないか。——ここでただ待っているだけでは、体もなまる」

「あと少しだ。二、三日の内にゃ、日を決めますよ」

「よし。少し酒は控えよう。——金になる仕事は久しぶりだ」

「まあ、お楽しみに」

久助はいつもの手代の物腰に戻って、「じゃ、これでちゃんと食べといて下さいよ」

と、布にくるんだ金子をポンと畳の上に投げ出して、素早く姿を消した。

「——格好つけやがって」

と、久助に怒鳴られた男がふてくされて、「あんな若造に指図されるんじゃ、面白くねえな」

「あれはしたたかな奴だぞ」

と、年かさの浪人が刀を抜いて曇りを見ると、

「一度砥《と》がせておくか……。あの久助には殺気がある。用心せねば、こっちが寝首をかかれるぞ」

「つまらねえ。——一杯やって来らあ。おい、秀公《ひでこう》、一緒にどうだ」

「俺は飯がいいよ」

と、おっとりと返事をした男は欠伸《あくび》して、「酔ってると手先が狂う」

「そうかい。それじゃ行くぜ」

「仁吉《にきち》、あまり飲み過ごすなよ」

と、浪人が言った。

仁吉と呼ばれた男は、聞いてか聞かずか、そのまま外へと出て行った。

お仕置

「一体どうしてくれるんだい！」

頭に突き刺さるような母親の声に、お峰はびっくりした。

あれは――台所の方だ。

お峰が奥の間を出て行ってみると、女中たちが隅の方に固まって立ちすくんでいる。

そして土間に這《は》いつくばるようにして、

「すみません。すみません」

と、頭をこすりつけて謝っているのは、お里だった。

「おっ母《か》さん、どうしたの？」

と、お峰は母親へ声をかけた。

「どうしたじゃないよ！　この能なしが、せっかくの揃いの茶碗《ちゃわん》を……」

「割ったの？」

「割りゃあしないけど、ご覧」

白い茶碗の表面に赤く一滴の血が落ちている。

お峰はハッとして、顔を上げたお里の方へ目をやった。——あの傷だ。

お峰のかんざしでついた傷が開いて、血が滴ったのだろう。

「縁起でもない！　これはお上からいただいた、うちの家宝なんだよ！」

お峰は、母、千代《ちよ》が出まかせを言っているのを知っていた。

確かに高価な茶碗だが、どこかからのいただき物というわけではない。

「いいじゃないの。洗えばきれいになるんだから」

と、お峰は、大したことじゃない、という調子で言った。

「そうはいかないよ！　ちょっと！　誰か！」

千代が叫ぶような声を出すと、番頭が飛んで来た。

「へえ、何ぞ……」

「お里を蔵に閉じ込めておきな」

「は……。土蔵に、でございますか」

「一晩、真暗な中で泣いてりゃいい。早く連れてお行き！」

「へい。——さ、来な」

うなだれて、しょげ切っているお里は、促されて番頭の後をついて行った。

「おっ母さん。可哀そうじゃない、あんまり」

と、お峰は言った。「よく働いてるわ、お里は」

「お前が口を出すことじゃないだろ」

千代は苛々《いらいら》と言い返して、「ちょっと！　何をぼんやりしてるんだい！」

と、他の女中たちへと怒鳴った。

お峰には、母、千代の不機嫌のわけが分っていた。父、勘介《かんすけ》がこのところ郭《くるわ》の何とかいう女郎にすっかり入れあげて、ずいぶん金を注ぎ込んでいるからだ。

おとなしいお里に当り散らしているのを、誰しも分っているが、止められない。

しかし、お峰にとっては、何といってもお里は、久助との秘めごとを知る「共犯者」。

何とか救い出せないだろうか、と考えていたのだった……。

「なあ……。いいじゃねえか」

酔って絡む男くらい、女に嫌われるものはないが、当人が分っていないから始末が悪い。

「もうやめた方がいいわよ、仁吉さん」

店の女将《おかみ》は、うまく仁吉の手からスルリと抜けて、「飲み過ぎた約束くらい、当てになんないものはないからね」

「当てにならねえ、はひでえぜ」

と、仁吉はややもつれた舌で、「俺はな、もうじき大金を稼ぐんだ。嘘じゃねえよ」

——仁吉に背を向けて、次郎吉は丼を食べていたが……。

店の中は寝静まっていた。

みんな働き疲れて、ぐっすり眠っているのだ。

苛々して起きているのは、今夜も帰らない主の勘介を待っている、女房の千代くらいのものだろう。

大丈夫。店は広い。少々の物音など聞こえまい。

お峰は、ずっしり重い鍵《かぎ》の束を手に、そっと裏口を出た。

店の構えにふさわしく、土蔵も立派なものである。少々の火事にもびくともしないだろう。

お峰は素早く土蔵の入口へ駆け寄ると、黒光りする重い錠前を開けようとした。——どの鍵が合うのか分らないので手間取ったが、それでもやっとカチャリと音をたてて錠前が外れる。

お里……。可哀そうに。きっと中で泣いているだろう。

そっと戸を開けると、お峰は、

「お里」

と、声をかけた。「お里、私よ」

中へ入ると、

「どこなの？——お里」

すると、土蔵の奥の方で、明りがチラチラと動いた。——明り？

ふしぎに思って、お峰はこわごわ奥へと足を進めた。

すると、正面からまぶしく明りがお峰を照らしたのである。

「まあ、お嬢様。こんな所へおいでになっちゃいけませんね」

お峰は戸惑った。

その声は確かにお里のようだったが、しかし、いつものおずおずと気弱な声ではなく、少し人を小馬鹿にしたような、笑いさえ含んだものだったからである。

「お里……」

「ええ、私です。お嬢様、まずい所へおいでになりましたね」

龕灯《がんどう》の明りが真直ぐにお峰を照らしている。

「お里、お前……」

「まあ、見られたからには仕方ありませんね」

明りがそれると、お峰は息をついて、

「どういうことなの？」

「わざと奥様を怒らせたんです。たぶん、この蔵の中へ閉じこめられることになると思いましたんでね」

「そんなことを、どうして？」

「この蔵の中を、じっくり調べる機会がほしかったんです。ここには、古い帳面や目録がしまってありますからね」

お峰は、ただ呆然《ぼうぜん》としているばかりだった。

「——お嬢様」

と、お里はガラリと口調を変えて、「何もしゃべっちゃいけませんよ。私はお嬢様の秘密を握ってるんですから」

「お前……」

「久助さんとのこと、旦那《だんな》様に知れたらどうなります？　しかも、お嬢様のお腹には……」

「やめておくれ！　お願いだから、そのことだけは……」

「黙っていてほしかったら、お嬢様も、ここで見たことは忘れることです」

「分った。——分ったよ」

お峰は青ざめていた。「お前は……盗《ぬす》っ人《と》かい？」

「さあ、どうでしょうね。ともかく私はまだ調べものがございますんで。お嬢様はおとなしくねんねなさって下さい」

お里の右手が一瞬チラッと動いたと思うと、いつの間にかお峰のかんざしを抜き取って、鋭く光った尖端《せんたん》は、お峰の白い喉《のど》にピタリと当てられていた。

お峰が息を止めて、

「お里……。やめておくれ……」

と、かぼそい声を絞り出した。

「殺しゃしませんよ」

と、お里は笑って、「私の大事なお嬢様ですものね……」

と言った。


「何も心配いらねえよ。俺に任しときな！」

仁吉はそう言って胸を張った。

「本当にあてにしていいのかい？」

女将は汗ばんだ肌で仁吉にもたれかかると、「借金を払ってくれるんだろうね」

んだろうな」

「俺も男だ。二言はねえよ」

仁吉は女将の胸もとへ手を入れて、「その代り、俺の女になってくれよ。分ってる
「何さ。もうなってるじゃないか」

女将は甘えた声を出した。

「――おっと、もう帰らねえと」

仁吉は起き上った。

「何よ。泊ってきゃいいじゃないの。こんな夜中にどうして?」

「金のためさ。金のためにゃ、少々のことは我慢しねえとな」

仁吉が居酒屋の裏口を出て歩き出すと、パラパラと雨が当った。

「畜生……。間が悪いや」

仁吉は軒下から軒下へと移って行ったが、じきに雨は本降りになって、少々よけても濡《ぬ》れるのに変りはなくなった。

諦《あきら》めて、雨に濡れながら歩き出すと、不意に誰かが目の前を遮った。

「何だ、おい……。邪魔するなよ」

と、仁吉は言ったが――。

「お前……。久助じゃねえか」

確かに久助が傘をさして立っていたのである。仁吉は、

「ありがてえ。ひどく濡れちまってるんだ。入れてくれ」

と、久助の持つ傘の下へと潜り込むように入った。「だけど、よく俺がここにいると分ったな」

久助は何も言わずに、匕首《あいくち》を仁吉の脇腹に突き立てた。

「おい……。久助……何しやがる！」

仁吉は脇腹を押えて呻《うめ》いた。

久助は無言でもう一突き、今度は心の臓を貫いていた。

仁吉の体は雨のはねる水たまりの中へと崩れ落ちた……。

暴れ馬

「おい、まだ何か買い込むのかい」

と、次郎吉は文句を言ったが、

「ついでだから、色々買っときたいの。まだ持てるでしょ」

と、小袖が言った。

「持てないことはないけどよ……。普段、もうちっとまめに買っといちゃどうだ」

次郎吉は、空しいと承知で言ってみた。

「だって小太刀《こだち》のお稽古《けいこ》で忙しいのよ。今度は奉納試合もあるし」

「全く……」

もうちっと、女らしいたしなみごとに手を出しゃいいものを、と思っていても口には出さない。

次郎吉も、兄としてはともかく、〈鼠〉としては、しばしば小袖の小太刀が役に立つこともあって、止められない。

「あ、そうそう。茶碗《ちゃわん》がこの間欠けてたんだわね。ついでだから一組買って行きましょう」

と、小袖が店先で足を止める。

すると、

「危いぞ！」

と、怒鳴る声が聞こえた。

「暴れ馬だ！」

ワーッと人々が左右へ割れる。

「暴れ馬？」

振り向いて見ると、乗り手を振り落としたのだろう。鞍《くら》をつけた栗毛の馬が狂ったように駆けて来る。

「危ねえ。よけよう」

と、次郎吉は両手に抱えた品物を持ち直して、道の端へよけた。

そのとき、小さな女の子が一人、転ってしまった手まりを追いかけて飛び出して来た。

「危い！」

小袖も、とても間に合わない。

周りに悲鳴が上った。誰しも、その女の子が暴れ馬に踏みつけられる瞬間を見まいと、目をつぶった。

しかしそのとき一人の娘が飛び出して来ると、片手で女の子をパッと抱え上げ、そのまま地面に転ったのである。

馬は正に髪の毛一筋と言ってもいい差で駆け抜けて行った。

「お美代《みよ》！――お美代！」

母親が、手に抱えていた内職の反物らしい包みを放り投げて走り寄った。

女の子はワッと声を上げて泣き出す。母親がしっかり抱きしめて、一緒になって泣いた。――女の子を救った娘は、立ち上ると、その母親が投げ出した包みを拾って来て、

「さあ」

と、母親の方へ差し出した。「こいつを汚しちゃお困りでしょう?」

「まあ……」

母親はやっと我に返った様子で、「申し訳ありません。お礼も言わないで。この子を助けていただいて――」

「いいえ。無事で良かったですね。じゃ、これで」

「でも――お着物が」

「こんな古着、少々すり切れたって、どうってことありませんよ」

と、娘は笑って、「お美代ちゃんっていうの? 用心して、いつもおっ母《か》さんのそばから離れないようにすんのよ」

と、女の子の頭をなで、自分の荷物を拾って、足早に人ごみに紛れて行く。

「――普通じゃないわね」

と、小袖は言った。「あの動きは、相当の――。兄さん?」

いつの間にやら、次郎吉の姿が見えなくなっている。

さては……。何を思ったかは知らないが、今の娘を尾《つ》けて行ったのだろう。

「物好きね」

と、小袖は呟《つぶや》いた。「一目惚《ぼ》れ、ってやつかしら」

「今戻りました……」

お里が店の勝手口を入って行くと、

「お里ちゃん！　あんた……大変だよ」

と、古株の女中が駆け寄って来る。

「私、何かしたんですか？」

と、いつも通り気弱な声を出すと、

「そうじゃないよ！　お嬢様が……」

「お嬢様が？」

「奥様に呼ばれて、二階から階段を下りようとしてね、足を滑らして――」

「それで……」

しかし、返事を聞く前に、

「お里！」

と、鋭く突き刺さるような、千代の声が響いた。

「はい、奥様」

「奥の間へおいで」

さっさと行ってしまう千代について、廊下を小走りに急ぐお里の腕を、いきなりギュッとつかんだのは、久助だった。

「久助さん」

「いいか、俺のことは言うなよ。黙ってて悪いようにゃしない。いいな」

と、久助は押し殺した声で言うと、「黙ってりゃ、悪いようにゃしない。いいな」

と、少しやさしく言って、手を離した。

——奥の間では、千代と、苦虫をかみつぶしたような顔の、主人の勘介が待っていた。

「お座り」

と、千代が言った。

「あの……お嬢様に何か……」

「知ってたのか、お前は？」

と、勘介が言った。

「と申しますと……」

「聞いたかい？——あの子、階段から落ちて、ひどく出血してね」

「まあ……」

「流れたんだよ」

お里は、じっと目を見開いたまま、

「それで……ご無事でいらっしゃるんですか？」

「離れで寝てるよ」

と、千代は険しい顔で、「相手の男が誰なのか、いくら訊《き》いても言わないんだよ」

「じゃ、ご無事でいらっしゃるんですね」

「お里。――お前が一番よくついて出歩いてただろ。もし、あの子の相手が誰なのか、知ってたらお言い」

「でも、私は……」

と、お里は目を伏せて、「ただの使い走りしか……。お供をするときは、そんな男の人なんか、お見かけしていません」

「本当かい？　隠したらただじゃおかないよ」

「どうして奥様に隠し事なんか」

と、両手をついて、「私がもっと気を付けていれば良かったんです。申し訳ありません」

「まあ、お里を責めても可哀そうだ」

と、勘介が言った。

「お前さんは口を挟まないで！」

と、千代がキッと亭主をにらみ、「そもそも、こういういいお手本がありますからね。お峰が妙なことを考えても仕方ありませんよ」

「おい、それとこれたあ別じゃないか」

「別であるもんですか！　父親が女遊びにうつつを抜かしてるんだから、自分だって何したっていいって思いますよ」

勘介も、郭《くるわ》通いをあてこすられてムッとした様子。

「いいかい」

と、千代が身をのり出して、「このことは絶対に口外しちゃいけないよ」

「承知しております」

と、お里は言った。

「お前、もしもお峰と話していて、相手の男のことを言うことがあったら、教えておくれ。いいかい？」

「はい……」

お里は頭を下げた。

久助は離れの戸を開けた。

「今夜やりますぜ」

久助の言葉に、横になっていた浪人が起き上った。

「また、ずいぶん急だな」

「文句は言わねえ約束だ。いいですね」

久助の目は血走っていた。

お峰が身ごもっていたのは、久助にとっても思ってもみないことだった。

このままでは、遠からずお峰の相手が自分だと知られてしまうだろう。

店から叩《たた》き出されては、計画も水の泡だ。

「——何かあったな」

と、浪人は刀を手に取ると、「仁吉が戻らんが、どうした」

「大方、風をくらって逃げたんでしょう」

「そうか？　金には目のない男だが」

浪人はニヤリと笑って、「仁吉の分の手間賃は残る我々に分けろ。どうだ」

久助は苦笑して、

「虫のいい話ですね。まあ、いいでしょう。稼ぎ次第だ」

「任せておけ」

と、浪人は肯《うなず》いた。「しかし、殺生はできるだけ避けたい」

「こちらも同様でさ。しかし、やるとなったら、情は無用ですぜ」

「分っている」

浪人は刀を抜き放った。

白刃が不気味に光を放っていた……。

深なさけ

遠くに呼子《よぶこ》の音が聞こえている。

黒ずくめのしなやかな姿が、細い路地裏にフワリと下り立った。ホッと息をついて、素早く着物を替えると、帯を締めて、夜ふけにお使いから帰って来た下女に戻る。

「——みごとなもんだ」

暗がりから声がして、ハッと振り向く。

「誰？」

「初めてってわけじゃねえ。この間、屋根の上で会ったろう」

お里は油断なく、

「〈鼠〉の旦那《だんな》ですね」

「ああ。顔は見せないぜ」

暗闇の中から声だけが聞こえている。

「あんたの縄張りを邪魔しちゃいないつもりですよ」

「分ってる。俺は大名屋敷、お前さんは大店《おおだな》狙いだ。――別に文句を言いに来たわけじゃねえ」

「じゃ、なぜここに？」

「お前さんに興味があってね」

と、次郎吉は言った。「いや、ちょっとした偶然で分ったことだ。な、お里さん」

「そこまで……」

「お前さんは武道のたしなみもあると見た。元は武家の娘か」

少し間を置いて、

「どうしてそんなことをお訊きになるか分りませんが……。私は百姓の出。ただ、ご奉公に出た、さるお武家様のお屋敷で、そこのご主人様に気に入られ、剣を仕込まれたんですよ」

「もともと筋も良かったんだろうな」

「ご主人様もそうおっしゃって下さいました。私は――ひそかにお慕いしていたのです」

「何があったんだね」

「藩のお金を盗んだとの濡《ぬ》れ衣《ぎぬ》を着せられ、ご主人様は切腹させられたのです」

お里の声が震えた。「その前夜、私をお召しになり、あの世で夫婦になろうと言って下さいました……」

「すると、今お前さんが狙っているのは、その仕返しか」

「藩のご重役に袖《そで》の下をおくり、私利私欲に溺《おぼ》れた出入りの商人たちが、ことの黒幕と分り、私は、いつか真相を世の中に知らせてやると誓ったのです」

「〈猫〉と名のって、金を盗んでも仕返しになるまいが」

と、次郎吉は言った。

「金は目くらまし。土蔵を探って、動かぬ証拠を見付けようとしています」

「なるほど。怪盗騒ぎに紛れて、本当の目的を隠すつもりだね。――この〈豊後屋〉に入ったのも?」

「この土蔵で、古い記録を見付け、仲間の名がはっきりしました」

お里は懐へ手を入れて、「誰にも邪魔はさせません。たとえ〈鼠〉の旦那でも」

「早まるな」

と、次郎吉は言った。「お前さんも気付いてるだろう。この店の久助って手代」

「何か企《たくら》んでることは察しています」

「今夜、ここへ押し入るぜ。久助が手引きをする」

「今夜?」

お里はハッとして、「そうですね！　気が付かなきゃいけなかった。ここのお峰さんとの仲が知れれば、手引きできなくなります」

「そういうことだ」

次郎吉は言った。「そう言っている内に、やって来たようだぜ」

かすかな足音が近付いて来る。

お里は暗がりの中へと身をひそめた……。


薄暗がりの中に白刃がチラチラと光る。

「――これで、あり金の全部だ」

と勘介が汗を光らせて言った。「これを持って、早く行ってくれ」

「これほどの身代の店で、たったの二千両か？」

抜身をさげた浪人がせせら笑って、「隠し立てすると命はないぞ」

「とんでもない！　これ以上は手元に置かぬ」

勘介は畳に這《は》って、「お願いだ！　命ばかりは――」

部屋の隅に、千代とお峰が縛り上げられ、身を縮めていた。浪人はずかずかと歩いて行くと、お峰のえり首をつかんで引きずり出し、

「娘を殺されたいか！」

と、白刃をお峰の首筋に押し当てた。

「やめてくれ！　お願いだ！」

勘介は畳に額をこすりつけ、「本当にこれしか金はないのだ」

「まだ言うのか。娘の首が転ることになるぞ！」

そのとき、女の悲鳴が聞こえて、廊下をバタバタと駆けて来たのは女中の一人。胸をはだけて、両手を縛られたまま走って来たが、足がもつれて転んだ。

「こいつ！」

若い浪人が、刀を振って女中を斬った。

「キャッ！」

と、お峰が声を上げる。

「何をしている！」

と、年かさの浪人が叱りつけた。

「いい女だったから、いただこうとしただけだ」

女が抵抗したのだろう。頬かむりした布が落ちて、浪人の顔が明りに照らされていた。

「馬鹿め！　顔を見られるぞ！」

「息の根を止めてやりゃいいさ」

「向うへ行って見張っていろ！　ちゃんと顔を隠せ！」

苦々しげに怒鳴った。「——いいか、お前たちを斬りたくはない。しかし、妙な真似をすれば容赦せんぞ」

と、お峰を見下ろす。

「本当にこれで全部なのだな」

「はい！　間違いございません！」

と、勘介は震えて言った。

「よし……。ではこれをもらって行く」

そのとき、

「待った」

と、現われたのは久助だった。

「久助！　お前——」

「旦那。命より金が大切かね」

久助は笑って、「この寝所の床下に金をしまう戸棚がある。分ってるんだ」

「お前が？　久助……」

お峰が呆然《ぼうぜん》としている。

「辛抱して抱いてやったんだぜ。ありがたく思いな」

と、久助は言った。「こうなりゃ仕方ねえ。生きててもらっちゃ困るんだ。――一人も生かしておくんじゃねえよ」

「やむを得んな」

浪人が刀を持ち直した。「運が尽きたと諦《あきら》めろ」

そのとき、

「運が尽きたのはそっちだぜ」

と、声がした。

「誰だ！」

「〈鼠〉ってコソ泥さ」

と、静かに廊下へ出て来ると、「金だけ持って行くのなら、見逃してやろうと思ったが、皆殺しとあっちゃそうはいかない」

「邪魔しやがると貴様の命もないぞ」

と、久助が匕首《あいくち》を抜く。「おい！　みんな、来い！」

フラッと現われたのは、さっきの若い浪人で――。そのまま障子を突き破るようにして倒れる。

「どうした！」

久助が目を丸くしていると、

「〈猫〉様のおいでだ」

と、次郎吉が言った。

次郎吉とそっくりな格好の「もう一人」が小太刀《こだち》を手に現われると、静かに構えた。

年かさの浪人はかぶり物を取ると、

「腕が立つな」

と、刀を持ち直した。

「もったいない。それだけの修行をつんでいながら、盗《ぬす》っ人《と》として死ぬのですか」

と、〈猫〉が言った。

「言うな！」

痛いところをつかれて、浪人の切っ先が揺れた。踏み込む足が焦って滑った。

刀は大きく宙を泳ぎ、小太刀が浪人の胴を払っていた。

浪人の体が崩れるように倒れると、久助が、

「畜生！」

と叫んで、「道連れにしてやる！」

と、匕首を振りかざしてお峰の方へ向いた。

その手首をパッとつかんだのは、お里だった。

「お前か！」

お里が久助の足を払って仰向《あおむ》けに倒すと、みぞおちを肘《ひじ》で一撃した。久助が白目をむいて気を失う。

「お里……」

「お嬢様、おけがは？」

久助の匕首でお峰たちの縄を切る。

「お里……。ありがとう」

千代がかぼそい声で、「すまなかったね」

「いいえ」

お里は立ち上って、「これでもうお目にかかりません」

「お里。——どこへ行くの？」

お峰が止めようとしたときには、もうお里の姿は庭へと消え、そして〈鼠〉と〈猫〉も、どこへ行ったか、消えてなくなっていた。


「ああ、面白かった」

〈猫〉の衣裳《いしょう》を脱いで、小袖は息をついた。「動きやすくっていいわね。私も屋根から帰りゃ良かった」

「お前は普通に道を通って帰れ」

と、次郎吉は言って、お里の方へ、「お前さんはどうするね」

「さあ……。もう〈猫〉は用なしです」

と、お里は言った。「あの豊後屋は憎いけれど、娘に罪はないし。――私、どうやら本当にあのお嬢様のことを心配してるみたいです」

「あなたがそう思うのは、ちゃんと仕返しをしたってことだと思うわ」

と、小袖は言った。

「そうですね。盗んだお金は、養生所へでも届けましょう」

お里は改って、「ありがとうございました」

と、次郎吉へ頭を下げた。

お里の姿が見えなくなると、

「仕返しじゃなく、自分が幸せになることを考えてほしいもんだな」

と、次郎吉は言った。「じゃ、先に帰っててくれ」

「これから仕事？」

「ああ、今夜はまだ一文も稼いでないんだぜ。これじゃ飯の食い上げだ」

そう言うと、次郎吉の姿は屋根の上へと移って、風のように飛んで行った。

鼠、夜にさまよう

風の夜に

風の吹く夜は、いいこともありゃ、まずいこともある。

何しろ、重い千両箱を抱えて——いつも、というわけではないが——人さまの寝ている頭の上を、屋根から屋根へ渡って行くのは、至って繊細な神経を必要とする技である。

あまり風が強いと、屋根の上で平衡を失って転り落ちそうになる。

しかし、一方で風の吹く夜には、多少屋根瓦《がわら》が音をたてたり、きしんだりしても、寝ている家人は、

「ああ、風のせいだな……」

と、気にとめない。

〈鼠《ねずみ》〉と呼ばれて、今夜も月明りの下、巧みに屋根を伝って引き上げて行く次郎吉《じろきち》は、大いに満足していた。

さる大藩の江戸上屋敷において、三日後に大規模な茶会が開かれるとかで、準備のため、千両箱が一晩、主《あるじ》の寝所に置かれていると聞きつけた。それも、廊下に見張の

侍が一人、詰めているだけ。

侍を眠らせるのはたやすいが、前もって、この屋敷の仲間に酒を飲ませて訊《き》き出したのは――。

「うちの殿様はな、女となると見境がねえんだ！　年増からおぼこ娘まで、何でもござれと来てる」

「じゃ、今も誰かいるのかい？」

「いるに決ってらあな。ちょっと可哀そうだが、お出入りの大工の娘で、年は十五、これがまた色白でぽっちゃりして可愛いんだ……。おっと、注いでくれるのか？　悪いね。へへ、旨《うま》い酒だね、こいつは……」

「その大工の娘に手をつけたってわけか」

「ああ、これがすっかりお気に入りでな、毎夜毎夜、寝所へお召しになってるんだ。まあ、殿様はいいけどよ、廊下で番をしてる方はたまったもんじゃねえや。――とても聞いちゃいられねえって、こぼしてるよ」

確かに、この話の通り、この殿様は、まだうら若い娘の肌にのめり込んで、大奮闘。ことが終ると、ぐったりと眠り込んでしまう。

その間、警護役の侍はずっと離れた渡り廊下で欠伸《あくび》をかみ殺しているのだった。

次郎吉が天井裏から下り立つと、娘の方はびっくりして飛び起きたが、

「――あんた、〈鼠〉？」

と、目を大きく見開いて、「こんな所に……」

「俺の用があるのは、こいつだけさ」

引き戸を開けて千両箱を引張り出すと、娘は嬉《うれ》しそうに、

「持ってって！　私も眠ってて知らなかったってことにするから」

と、ちょっと笑って、「目を覚まして、それがなくなってるって分ったときの、この人の顔が見たいわ」

十五やそこらで、殿様の慰みものだ。恨みのこもった目つきで、口を開けて眠る殿様を見下ろしている。

「じゃあな」

次郎吉は素早く天井裏へと消えたのだった……。

こうして、楽々と手に入れた千両箱を、次郎吉は小脇に抱えて、屋根から屋根へと伝っていたが――。

何だ？

足が止った。

屋根の上を、女が歩いて来るのだ。盗賊ではない。白い寝衣が少し乱れているが、ごく普通に床へ入る姿。

青白い月明りを浴びて、まだ二十歳になるかどうかという美しい娘。一瞬、幽霊かと思った。

だが——ちゃんと足はある。

そして、ふしぎなことに、傾いた屋根の上をまるでそぞろ歩きでもしているように楽々と歩いて来るのだ。目は開いているが、何も見ていない。次郎吉が同じ屋根の上にいることにも全く気付かない様子だった。

こいつは……夜、眠っている間に自分でも知らずにふらふらと起き出して歩き回るという病らしい。

何も分っていないので、どこをどう伝ってか、こんな屋根の上に出て平気で歩けるのだ。

「ま、お好きに散歩しててくれ」

と、次郎吉は呟《つぶや》くと、そのまま娘をよけて通ろうとした。

そのとき、突風が次郎吉の体をぐらつかせた。

「おっと！」

次郎吉も予期しない強い風が横から吹き付けて来て、いくら屋根の上に慣れた身でも危うく転り落ちるところだった。

ましてや、踏みこたえる気もないもう一人の方は、風にあおられるまま、スーッと倒れようとする。

とっさのことで、次郎吉は空いた右手を伸して、娘の手をつかんだ。

「危ねえ！」

娘の体はズルズルと屋根の上に横たわって、次郎吉が手を離せば間違いなく、屋根を滑り落ちて行く。しかし、この屋根は高いのである。

落ちれば、受け身の心得もないだろうこの娘、下手をすれば——というよりおそらく、首の骨を折って一巻の終りだ。

しかし、いくら次郎吉でも、大人の女の重さを腕一本で持ちこたえるのは容易ではない。しかも左の腕には「今日の収穫」の千両箱を抱えていると来ている。

「畜生！　おい、目を覚ませ！」

とは言ったものの、目を覚ました娘にキャーキャーわめかれでもしたら、それも困る。

しかも、風はまた強く吹きつけて、次郎吉も身動きが取れないまま、まともに風を受けている。

そこへ、

「お園《その》！」

と、叫ぶ声が聞こえた。

下の道へ出て来た、父親と母親らしい二人が、屋根の上の様子に気付いたのだ。

「お園！　危いよ！」

危いくらい分ってるよ、と次郎吉は言いたかった。

すると、屋根の先の方で瓦を踏む音がして、

「お嬢様！」

と、この店の手代らしい男が這《は》い上って来た。

「おい！」

と、次郎吉は声をかけた。「ここの者か？」

「はあ、さようで」

「このお嬢さん、このままじゃ、落っこっちまうぜ。早く何とかしろ！」

「はい、あの……申し訳ありません」

と、その若い手代は屋根へと上って来たのだが、何しろ慣れないことだからだろう、フラフラとよろけて、自分が転げ落ちそうだ。

「しょうがねえな！　おい、下のお人！」

と、次郎吉は呼びかけた。「この真下に布団をどっさり積むんだ！　落ちても大丈夫なように。急いで！」

「は、はい、ただいま……」

店の主人だろう、あわてて中へ入って行く。叩《たた》き起された小僧たちが、せっせと布団を運んで出て来る。

「お嬢様……」

屋根の上の手代は、必死に這って来たが、

「無理に立つな」

と、次郎吉は言った。「自分が転げ落ちるぞ」

「はい……。私は高い所が苦手で」

声が震えている。

「それならどうして上って来たんだ！」

「旦那《だんな》様のお言いつけで……」

と、手代は言って、「あの……失礼でございますが……」

「何だよ」

「もしや〈鼠〉様で？」

「ああ。――こっちも迷惑だぜ」

「申し訳もございません」

「下に布団を積んだら手を離す。眠ったままだから、本人は大丈夫だろう。お前もついでに落ちるといい」

「そんな恐ろしい……」

「じゃ、歩いて戻るか？」

「そ、それは……」

そのとき、重みを耐えて踏んばっていた足下で、瓦《かわら》が一枚割れてズルッと動いた。

次郎吉は屋根の上に伏せながら、娘をつかんだ手は離さなかった。

その代り——左の小脇に抱えていた千両箱は屋根の上を滑って落ちて行った。

「畜生！」

「布団を積みました！」

と、下から声がする。

「もっと早くしやがれ」

仕方ない。次郎吉は、

「落とすぞ！」

と、声をかけて、手を離した。

娘の体は一気に滑り落ちて、消えた。

「お嬢様！」

手代が後を追うように、「わあっ！」

と叫んで、転り落ちた。

「――惚《ほ》れてやがるな」

と呟くと、「やれやれ、災難だ」

やっと立ち上った次郎吉は、仕方なく手ぶらで屋根の上を辿《たど》って帰るはめになったのである……。

姉と妹

遅い昼の膳《ぜん》をいただきながら、小袖《こそで》は瓦版を読んで何度も笑っていた。

「何べんも笑うな」

と、次郎吉は不機嫌な顔で、「こっちは大損だ」

「いいじゃないの」

と、妹の小袖は言った。「さすがは〈鼠〉、千両箱より人助けって、みんな誉《ほ》めてるわよ」

「面白くもねえ」

次郎吉は早々と食べ終ると、ゴロリと横になった。

「〈鳴海屋《なるみや》〉じゃ、娘お園の命の恩人だからって、店の主人が『うちに入っていただければ、お礼を差し上げたい』って言ってるんですって」

「よしてくれ。先方で待っててくれる所へなんぞ入れるかい」

「それもそうだわね」

小袖は立って、「さ、道場だわ。兄さん、お茶碗《ちゃわん》、洗っといてね」

「俺が？」

「どうせそうしてゴロゴロしてんでしょ」

次郎吉の妹、小袖は小太刀《こだち》の達人。道場でも一、二を争う腕前だ。

「それじゃ、お願いね、兄さん。奉納試合に出ることになってるんで、大変なの」

小袖はさっさと出かけて行ってしまった。

「やれやれ……」

次郎吉は起き上って大欠伸《あくび》をした。

——しくじることも、むろんある。

しかし、あの屋根の上の一件は……。

せっかく手に入れた千両を損しただけじゃない。忍び込むための下調べから、あれこれ話を訊《き》き出すのにも、少なからず金を使っているのだ。

その手間と工夫がすべてパアだ。

まあ——あの娘の命を救ったことは、良かったと素直に思っている。瓦版で誉められたくはないが、少なくともあの娘の両親、それにどうやら娘に惚れているらしいあの手代も喜んでいるだろう。

「ま、気を取り直して、次の狙い目を探すか」

次郎吉は、伸び上って、「湯へでも行って来るか……」

おっと、その前に茶碗を洗っとかねえとな。

——次郎吉にとっちゃ、捕手の十手より妹の方がずっと怖いのである。


障子の向うに、ためらっている気配があった。

「文助《ふみすけ》かい」

と、お園は言った。「どうして入らないの」

「へえ」

障子が開いて、「お呼びですか」

「呼んだから来たんだろ」

と、お園は微笑んで、「入って、障子を閉めておくれ」

「失礼いたします」

手代の文助は部屋へ入って来ると、「お嬢様、どこか打ち身でもございませんか」

「ええ、私は大丈夫。お前こそ、足首をひねったというじゃないか」

「大したことはございません」

と、文助は頭を下げた。「ただ、お嬢様の上に落ちては大変と、体をひねったものですから、積んだ布団の端から落ちまして」

「お前、高い所は苦手なのに、私のために屋根にまで上って……。大変だったね」

と、お園は言った。

「いえ……。夢中でございましたので」

「それにしても……」

お園は目を伏せて、「私の病がすっかり世間に知れて……。出歩くのも恥ずかしい」

「お嬢様……。人の噂も七十五日と申します。それに評判は専《もっぱ》ら〈鼠〉のことばかりで、じき、誰もお嬢様のことは思い出さなくなりますよ」

「〈鼠〉ね……。お前は口をきいたんだろ?」

「はい。いかにも気風《きっぷ》のいい、江戸っ子らしいしゃべり方でございました」

「私は手まで握ってもらったのに」

と、お園は微笑んで、「もったいなかったわね。そんなときに眠っていたなんて」

「お嬢様……」

「分ってる。笑ってる場合じゃないわね」

「病をどうにかして治しませんと、またどこへおいでになってしまうかもしれません」

「文助」

と、お園は恨めしげな視線をじっと文助へ向けて、「そんなことを言ってるんじゃないよ。分ってるでしょ」

文助は目を伏せた。お園は続けて、

「どうしてあの病が出るか、私だって、お前だって分っているじゃないの。そうでしょう？」

「それは……」

「お父《と》っつぁんは、私をあの阿漕《あこぎ》な金貸しの所へ嫁にやろうとしてる。あんな男のものになるくらいなら、死んだ方がましだわ」

と、声を詰らせる。

「旦那《だんな》様もお辛《つら》いのです。お嬢様のお気持はご承知のはず。でも、今、お店は借財で苦しんでいるのです。これを乗り切るためには、あの柳井《やない》広白《こうはく》に大金を用立ててもらうしかないと……」

「お店が救われて、私はどうなるの！」

抑えていたものが爆発するように、お園はいきなり文助の方へにじり寄ると、その手をつかんだ。

「お嬢様！　何をなさいます」

と、あわてて引込めようとする手をギュッと握って、

「お前だって——お前だって、私のことを慕っていると言ったじゃないの」

「それはもちろん……。でも、しょせんは無理なことでございます」

「私は諦《あきら》めない！　いやよ、いや！　私の思いをどうしても受け止めてくれないのなら、今度は自分で屋根へ上って、飛び下ります。いいえ、火の見櫓《やぐら》へでも上って、身投げする！」

お園は、すがりつくように文助の胸をわしづかみにしたが——。

「お園。——お園」

奥の方へやって来る、母親の声。

素早く離れると、文助は、

「失礼いたします」

と一礼して、出て行った。

お園は急に支えを失ったかのように、畳に片手を突いて身を支えると、深々とため息をついた。

「お園……」

母親が顔を出すと、「どうしたの？　お前、顔の色が——」

「いいえ、おっ母《か》さん、何でもないの」

と、首を振って、「何かご用？」

「今、柳井様からお使いがみえてね、今夜、お前と旦那様をお宅へご招待したいと……。どうだね？」

「柳井様の……。お父っつぁんと一緒に？」

「そうだよ、まさかお前一人を招《よ》びやしない」

「おっ母さん――」

「お園。お前があの方を気に入っていないことは分っているよ。でも、この身代を潰《つぶ》すわけにいかない旦那様の気持も分っておくれ」

髪に白いものが目立ち始めた母に向って、わがままを通すこともできず、

「――ええ、伺うわ」

と、お園はかぼそい声で答えた。

柳井広白の屋敷へ行ったからといって、何も嫁に行くと承知したわけじゃない、と己れに言い聞かせるお園だったが……。

人気のない神社の境内へやって来て、

「おい、お咲《さき》！　どこにいるんだ？」

と、大工の棟梁《とうりよう》、政五郎《まさごろう》は呼んだ。

だが返事がない。

「妙だな……」

今しがた、お咲から手紙が届いたばかりである。

「確か、この境内ってことだったが……」

政五郎には、娘お咲のことが気がかりでならない。

たまたま殿様のお目に留り、お咲はおそばに召されてしまったが、何といってもまだ十五だ。――いくつも大名屋敷の改築などに入っている政五郎は、大名の側室という身の危うさをよく知っている。

殿様が飽きればそれまで。戻されたところで、一旦《いったん》お手のついた娘にどんな縁談がやって来るか……。

「お咲。――いねえのか？」

と、もう一度呼ぶと、シュッと空を切る刀の勢い。

政五郎はとっさに地面へ転って、危うく刀をよけた。

「何しやがる！」

と、見上げると、「あんたは――」

見憶《みおぼ》えのある侍が、剣を構えて、

「政五郎。殿の上意だ。覚悟せい」

「殿様の？　おい、ちょっと待ってくれ！　どういうわけだ？」

「問答無用！」

斬り込もうとするところへ、小石が飛んで来て、侍の額に当った。

「あっ！」

と、痛さによろけ、「何者だ！」

その間に政五郎は立ち上って十歩も離れた。

「おのれ、出て来い！」

と言い終らない内、またつぶてが鋭く空を切って、今度は侍の右手の甲に当って、刀が足下に落ちる。

明らかに狙って投げている。しかも並の腕前ではない。

相手の姿が見えないまま、侍は刀を拾うと、

「政五郎、改めて会うぞ」

と言い捨て、走り去った。

政五郎は息をついたが、汗がどっとふき出して来る。

下駄《げた》の音がして、

「親方、おけがは？」

「あんたは……。ああ、甘酒屋の次郎吉さんとこの……」

「小袖です。ちょっと通りかかって」

「じゃ今のはあんたが？　助かったよ」

「今のお侍、ご存じですか」

「それが……お咲が上っている殿様の用人だ。どうして俺を斬るなんて……」

「上意とか言っていましたね」

「ああ。――上意で俺を斬るってことは、お咲の身にも何か……」

政五郎は不安げに、侍が走り去った方へと目をやった。


息の詰りそうな、重苦しい座敷だった。

「そういえば」

と、柳井広白が唐突に言い出した。「お園さんは、お琴の腕が玄人はだしと伺いました」

「いえ、そんな……」

お園が消えてしまいそうな細い声で言うと、

「もし、おいやでなければ、いかがです。ぜひ一曲ご披露いただきたいが」

お園はチラッと父親の方へ目をやった。

「せっかくのご所望だ。お園、何か一曲」

と、鳴海屋宗吉《そうきち》は肯《うなず》きながら言った。

「お父《と》っつぁんがそう言うなら……」

正直、お園は少しホッとしていた。苦手な酒の相手をして、柳井広白の、物欲しげにチラつく目に身をさらしているより、琴を弾いている方が、どれほど気楽か。

「では、隣の部屋へ用意させてありますので、どうぞ」

と、柳井広白は言った。「その襖《ふすま》を開ければ」

「では、ちょっと仕度をいたしますので」

お園は立って、隣の部屋へ移ると襖を閉めた。

広白は、鳴海屋宗吉の方へ、

「いや、鳴海屋さん、日に日にお園さんは美しくなられますな」

と、笑顔を向けた。

「恐れ入ります」

宗吉の表情も硬い。

この柳井広白がお園を嫁に欲しがっていることは、宗吉とて百も承知だ。

蘭学者《らんがくしゃ》と自称してはいるが、幕府のお偉方との間に、外からはうかがい知れぬつながりを持ち、大名や大店《おおだな》の商人に金を貸して大儲《おおもう》けしていることは、誰でも知っている。

今、傾きかけた〈鳴海屋〉の身代を救うには、少々の金では間に合わない。宗吉は、広白がもっと規模の大きな店しか相手にしないことを承知で、かすかな望みをつないでいるのだった……。

「――時に、鳴海屋さん」

と、広白は襖の向うから琴を調弦する音が聞こえてくると、膝《ひざ》を進めて、「男同士だ。肝心のお話をいたしましょう」

「といいますと……」

「むろん、金の話ですよ」

と、広白は笑って、「それでなければ、こうして拙宅へおいでにはなりますまい」

「その話は……以前、お願いに上りました通り――」

「いや、あれからふた月、お店の懐具合はもっと悪くなっておられるのでは？」

すべて承知している、という笑みが広白の口もとに浮んでいた。

「いや、そうおっしゃられると……」

宗吉の額に暗くしわが刻まれ、汗がにじんだ。

「今のお店を救うには、三千両や四千両の金では、どうにもなりますまい」

と、広白はたばこ盆を引き寄せ、煙管《キセル》に火を点《つ》けると、「いかがです。――この広白が一万両をご用立ていたしましょう」

宗吉の顔が赤く染った。

「それは……真実《まこと》でございますか！」

声が震えた。「それだけあれば、店を立て直し、新たな仕入れもできまする」

「よろしゅうございます。明日、お店へ間違いなくお届けいたします」

「広白様！　何とお礼を申し上げたものか――」

「では、鳴海屋さん。今夜はこれでお引き取りを」

「は……」

「私は、一人でお園さんの琴をゆっくり聴かせていただきます。明日の朝まで、じっくりとね」

宗吉は青ざめた。

「広白様、嫁入りの話は娘にも――」

「待ちくたびれましてな。私は長く待たされるのが嫌いな性質《たち》で」

と、広白は言った。「今夜、お園さんを置いて行かれるか、一万両を幻にするか……。お選び下さい」

宗吉は、襖が開いて、お園が琴を弾き始めるのをじっと見つめていた。

「何だ？　あの大名の所へもう一度忍び込めって？」

と、次郎吉が顔を上げた。

「ちょっと！　聞こえるわよ」

と、小袖が小声で言った。「はい、もう少し飲む？」

と、酒を注ぐ。

「もうこれでいい」

次郎吉は、店仕舞いの時刻も近い店の片隅で、「誰もいやしねえ、大丈夫だ。しかし、政五郎の心配はもっともだな」

「そうでしょ？　お咲ちゃんは私も知ってるけど、殿様のお手つきなんかにするにゃもったいない、いい子なのよ」

「だがな、俺にだって都合ってもんが――」

「じれったいわねえ」

と、小袖は眉《まゆ》をひそめて、「どうせ今夜は暇でしょ？」

「お前な……。暇ならどこへでも入れるってもんじゃねえんだぞ」

と言って、「――待てよ。ついこの間盗み出して、途中で落とした千両だ。まさか向うは、そうすぐにまたやって来るとは思わねえだろう」

「そうよ！　それにね、もう一つ、ふしぎな縁があるのよ」

「何だい」

「お咲ちゃんと、兄さんが屋根の上で会ったお園さんって、実の姉妹なんですって」

「何だと？」

　これには次郎吉もびっくりした。「どういうわけだ」

「政五郎親方から聞いたんだけど」

　と、小袖は身を乗り出した。「お咲ちゃんは生れたとき、双子だったんですって。まだ当時鳴海屋さんは小さなお店で、台所が苦しくって、上のお園さんもいたし、双子の内一人を里子に出したの」

「それが政五郎の所か」

「ええ。子供がいなかった政五郎さんは喜んでお咲ちゃんをもらって育てることにしたの。ところが鳴海屋さんの手元に残ったもう一人の子は、半年ほどで亡くなってしまったんですって」

「なるほど」

「でも、一旦《いったん》政五郎さんの下へやってしまったお咲ちゃんを取り戻すこともできず、それでも政五郎さんは仕事で時々鳴海屋さんへ出入りしていて、お咲ちゃんの様子は知れたわけね」

「そのお咲ちゃんを、あんな大名の慰みものにされたんじゃ、政五郎も辛《つら》いだろうな」

「でも、仕方ないわよね。いくら気が進まなくても、相手は三十万石の大名ですもの。言うことを聞くしか……」

「それじゃ、お園は自分に妹がいることを知ってるのか」

「政五郎さんの話だと、お園さんは死んだ子だけが妹だったと思ってたらしいって。

――お咲ちゃんには何も話していないそうよ」

姉と妹……。

次郎吉は一夜の内に、その双方に会っていたわけだ。しかも妹の方とは、盗みに入った大名の寝所で。姉の方とは、逃げる途中の屋根の上で……。

確かに、これは何かの「縁」というものかもしれない。

「分った」

と、次郎吉は息をついて、「じゃ、もう酒は切り上げよう。酔って仕事はできねえからな」

「そうそう、残りは私がいただくわ」

「おい……」

刃の絆《きずな》

忍び込むのは造作もなかった。

だが、警護の侍の配置がこの前と大きく変っていることに、次郎吉はすぐに気付いた。

茶会は日延べされていたから、三千両はまだこの屋敷内にあるはずだ。しかし、もうあの大名の寝所には置いていないだろう。

次郎吉は、屋敷内の土蔵の周囲を、数十人の侍が固めているのを見て、まず早々と金を盗み出すのは諦《あきら》めた。無茶をしても仕方ない。

まずはあのお咲という娘の安否である。

廊下の暗がりを選んで、そっと進んで行く。

あの寝所の前まで来て、中の様子をうかがった。

小さな灯がチラチラと揺れているが、中は静かだ。しかし、どこか尋常でない気配を、次郎吉は感じていた。

どうなっているのだろう？

しばらく耳を澄ましていると、
ウー……。低い呻《うめ》き声が洩《も》れて来た。

こいつはただごとじゃねえ！

素早く障子を開けて中へ入ると、ロウソクの灯に、白くスッと立っていたのは――

お咲だった。

一瞬、幽霊かと思ったのは、バラリと髪を垂らして、白い衣は帯もなく、裸の上にはおったきりで、白い肌が細く覗《のぞ》いていた。

そして、その白い衣には点々と血が飛んで、手にした抜身の刀が白く光って見える。

ダラリと両手を下げて、お咲は目の前の次郎吉にも気付かない様子。

あの呻き声は？

そのとき、敷かれた布団が動いて、喘《あえ》ぐような声が聞こえた。盛り上った布団の下から手が這《は》い出て来る。

次郎吉がパッと布団をめくると、血まみれの男が喘ぎ喘ぎ、

「助けて……くれ……」

と呻いている。

こいつはここの殿様だ。布団の中は血の池と言ってもいい惨状。

「こいつ……私を打ったのよ」

と、お咲が言った。

そして白い衣をはらりと足下へ落として、次郎吉へ背を向けた。白い背中に、無残に走るみみずばれ。次郎吉は息を呑《の》んだ。

「私が手引きしたと……」

済む。
お咲の言葉に、次郎吉はハッとした。
そうか。〈鼠〉が盗んでしまったのなら、藩としては盗まれたことを隠しておけば
ところが、帰り道で千両箱を落としてしまったので、この屋敷から千両盗まれたこ
とを隠しておけなくなった。
そうなると、責任逃れに、居合せたお咲を「手引きした仲間」に仕立て上げるのが
簡単だったのだろう。
用人が政五郎を斬ろうとしたのも、余計な風聞を封じたかったからだ。
しかし、何の罪もない娘を、しかも気に入ったからといって側室にしておいて、今
度は責め折檻《せっかん》とは非道に過ぎる。
しかし——相手は大名だ。
いくら非はそっちにあるといっても……。
この出血じゃ、助かるまい。
次郎吉は薄明りで、殿様の一物が切り取られているのを見た。——責めさいなんで
おいて、抱こうとしたのか。お咲がこんなことをしたのも道理だ。
「ここにゃいられねえ。——早くそれをはおって」
お咲に衣を着せて腰紐《こしひも》で縛ると、廊下に人の気配。

「殿、何者か屋敷に侵入いたした様子にございます」

次郎吉は障子をサッと開けると、目の前の侍が声を上げる間もなく、指で喉《のど》を突く。

「グッ」

と、白目をむいて気絶した侍を中へ引き入れ、

「ついて来な」

と、お咲の手を引いて寝所を出た。

庭へ下りて、植込みを抜けるが、すぐに、

「出合え！　出合え！　殿が大変だ！」

という叫び声。

たちまち侍たちが集まって来る。

次郎吉はお咲の手を引いて、植込みのかげに身を潜めたが、このままでは見付かる。

といって、動きようがない。

「逃げて」

と、お咲が言った。「私を殺して逃げて下さい」

「お咲ちゃん――」

「捕えられて責められるのはいや。あなたの手で殺して」

お咲の気持は分る。しかし、手にかけるとなると……。

「ただ一つ、私の姉さんに、本当のことを伝えて」

「何だって？」

「〈鳴海屋〉のお園さんっていうの」

知っていたのか。

そのとき、頭上から、

「兄さん！」

と、押し殺した声が聞こえた。

見上げると、頭巾《ずきん》をかぶった小袖が塀越しに顔を出している。

「早く、ここへ！」

「ああ」

次郎吉がお咲の体を持ち上げると、小袖が縄を投げてよこす。

「つかまれ！」

そこへ、

「いたぞ！　庭だ！」

バラバラッと庭へ下りて来る侍たち。

次郎吉は塀の上へ飛び上ると、縄につかまっているお咲を必死で引き上げた。

外の道へドッと落ちると、

「逃がすな！」

「外へ回れ！」

と、声が響く。

「ここは私が」

と、小袖が言った。「早くお咲ちゃんを連れて」

「分った」

お咲を素早く背中に負うと、次郎吉は夜闇の中へ駆け出した。

駆けつけて来る侍たちへ、小袖が小太刀《こだち》を抜いて走り寄ると、足を斬りつけて、二、三人がバタバタと倒れる。

暗い中、追って来た侍たちがつまずいて折り重なって転んだ。

小袖は地を蹴《け》って、次郎吉たちの後を追った……。


「ここでいいのかい？」

と、次郎吉は訊《き》いた。

「うん……」

お咲は次郎吉の背で肯《うなず》く。

次郎吉がお咲をおぶって連れて来たのは、少しさびれた、もの寂しい神社の境内だった。

「——大丈夫。追っちゃ来ないわ」

と、小袖が息を弾ませた。

「ありがとう」

地べたに下りると、お咲は大分落ち着いた様子で、「〈鼠〉さんにおぶわれたなんて、夢みてるみたい」

「夢なら本当にいいがね」

と、腕組みをして、「これからどうするんだい」

お咲はそれには答えず、神社の中を見回して、

「いつもここで姉さんに会ってたの」

と言った。

「じゃあ、お園さんのことを？」

「姉さんが、ご両親の話すのを立ち聞きしてしまって、それで、私を訪ねて来たの」

「そうだったの……」

「でも、私にとってお父《と》っつぁんは政五郎親方。だから、二人とも何も知らないってことにしようと決めて……。でも、何か悲しいことでもあると、ここで会って話したの」

て泣いた……」

と、お咲は言った。「あの殿様の所へ上るときも、前の晩、ここで姉さんにすがっ

「兄さん——」

「今ごろ、あの大名は生きちゃいめえ」

「そう……」

「もう捕まりたくない」

と、お咲は言った。「この神社の森の中に、深い池があるの。そこで自分の始末をつけるわ」

「お咲ちゃん……」

と言いかけて、小袖は、「——誰か来る」

と、身構えたが、

「大丈夫。追っ手じゃないわ」

月明りに、木立ちの間を抜けてフワリと現われた姿を見て、次郎吉は目をみはった。

「——姉さん！」

お園が立ち止って、

「まあ……。お咲ちゃん。どうしたの？」

次郎吉と小袖は顔を見合せた。

お園も、着物が乱れ、髪がバラリと落ちていた。そして——まるでお咲と二人、鏡にでも映したかのように、お園の振袖《ふりそで》にも血が飛んでいた。

「姉さん！」

お咲が駆け寄って、お園としっかり抱き合って泣いた。

お園は、次郎吉たちに気付いて、

「あの……」

「この間、屋根の上でお目にかかりましたね」

「まあ、それでは……。〈鼠〉……」

「そんなところで」

と、次郎吉は言った。「しかし、どうしなすった、その返り血は」

お咲が初めてお園の様子に気付き、

「姉さん……。何があったの？」

「お咲ちゃん……。姉さんは人を殺して来たのよ」

お園の言葉に、誰もがしばし絶句した。

「では、その柳井広白とやらを？」

「はい。——私は手代の文助を思っておりますが、父は店を救うために、どこぞの大金持へ私を嫁がせようとしております」

と、お園は言った。「でも、まさか……。父が私一人を広白の所に残して帰ってしまうとは思いませんでした……」

「それで――確かに広白は死んだのかね」

と、次郎吉は言った。

「はい。止《とど》めをさして来ました」

と、お園は言った。「父には悪いのですけど、私はお金で身を売るようなことはいやです」

「姉さん。私たち、よっぽど仲がいいのね」

「そうだわね。――ここで一人静かに死のうと心に決めてやって来たら、お咲ちゃんがいる」

「一人じゃないね、私たち」

「ええ、そうよ。私とお咲ちゃんは、ずっと一緒」

お園は、妹の頭を撫《な》でて、「辛《つら》い思いをしたんだわね。あんたも私も。男……。男って、どうして女を泣かせることしか考えないんでしょう」

「お園さん……」

と、次郎吉は言った。「どこかへ逃げようとは思わないのかね」

「広白を殺したのは私と、店の者も見ていました。私が逃げれば、父や母がお縄を受けるでしょう。お店は潰《つぶ》れるかもしれないけど、商売はまたやり直せます」

「じゃ、ここで……」

と、小袖が言った。

「一人で死ぬつもりが、こうしてお咲ちゃんと一緒にいけるなら……」

姉妹は手を取り合ってニッコリ笑った。

――次郎吉は胸が痛んだが、この二人が逃げのびることはまず無理だろう、と分っていた。

大名と、金貸し――それも大物ばかりを相手にしていた男。二人を殺したのだ。どんな事情があっても、遠島ぐらいですむわけがなかった。

それならいっそ……。

「分ったよ」

次郎吉は肯いて、「それなら止めねえ。二人とも、あちらで仲良く暮しなせえ」

「ありがとうございました」

と、お園が微笑んで、「冥途《めいど》の土産に、〈鼠〉さまの素顔、拝ませていただいても？」

次郎吉は頭巾《ずきん》を取って、

「今度生れ変って来るときは、男がいいかね?」

「いいえ」

二人が同時に言った。

「——巡り合せが悪かっただけ。ねえ、姉さん」

「ええ。次の世じゃ、〈鼠〉さまと夫婦になれるかも」

「あ、私もそれがいいいな」

二人は笑って、

「では……」

互いの手首を紐《ひも》でゆわえて、二人は深々と頭を下げ、森の中へと——まるで子供が遊びに出かけるように楽しげに、消えて行った……。

鼠、とちる

老人

「お世話になりました」

すっかり白髪になったその男は、門番にていねいに頭を下げると、牢《ろう》を出て、日差しに目を細くしながら歩き出した。

持物といっては、小さな風呂敷《ふろしき》包み一つ。

どことといってあてのない足取りで、小さい子供のような心もとない歩きっぷりだ。

そこへ、

「おじいちゃん？」

と、女の子の声がした。

しかし、男は自分が呼びかけられたとは思いもしない様子で、更に数歩進んで、

「おじいちゃんでしょ？」

声はすぐ後ろから聞こえた。

白髪の男は足を止めて振り返ったが——。

「人違いだろ」

と、その娘に言った。「誰か捜してるのかね」

「だから……。だって……」
十四、五かと思える、その町娘は上等な振袖を着て、頭には丸い飾りのかんざしが光っていた。
「待てよ……。おい、お前はもしかして……」

「お光《みつ》よ、私。分らない？」

男は唖然《あぜん》として、風呂敷包みを取り落としたのにも気付かなかった。

「お光だって！　お前が？」

「そうよ。だって——もう十五になるのよ、私」

「そうか……」

十年も見ていないのだ。分らなくて当り前だろう。

「だが、お光、お前、どうして……」

「おじいちゃんを迎えに来たんじゃないの、もちろん」

「そうかい……」

吾助《ごすけ》は、少し目を伏せて、「ありがとうよ。しかしな、俺にゃ家もねえ。家族も親類もねえ。お前だって、もう十五なら、それくらいのこと、分るだろう」

「家族がなくっちゃ、私、生れてないでしょ？」

と、お光は笑って、「そんなこと言ってないで、いらっしゃい！　ね？」

お光は、吾助が取り落とした風呂敷包みをさっと拾い上げて、「早く来ないと、逃げちまうわよ！」

カタカタと下駄《げた》を鳴らして駆け出して行く。吾助はあわてて、

「おい、待ってくれ！——お光！」

と、孫娘を追いかけたが——。

何しろ体力が落ちている。すぐに息が切れて、

「待っと……くれ……」

という声もかすれて、途切れ途切れ。

ちょうど角を曲ったところで、本当にお光の姿が見えなくなり、

「おい……。どこへ行った……」

と、足を止めて、喘《あえ》いでいる。

ヒョイと現われたのは一丁の駕籠《かご》で、その後からお光と、母親がやって来た。

「おっ母《か》さん、おじいちゃんだよ」

「まあ……。ご苦労様でございました」

吾助は目を丸くして、

「あんたが……」

「お初にお目にかかります。貞二郎《さだじろう》の女房でございます」

「そうかい。わざわざこりゃあ……」

お光の産みの母は、お光がまだ三つのときに、流行《はや》り病で呆気《あっけ》なく死んでしまった。吾助の息子、貞二郎が後添えをもらったことは、牢に便りが来て知ってはいたが……。

「くにと申します。よろしくお願い申し上げます」

「いや、まあ……こっちこそ」

どこぞの小料理屋にでもいそうな、ちょっと粋な女である。吾助はすっかり面食らっている。

「お疲れでしょう。この駕籠へどうぞ」

「え？　いや、そんな——」

ともかく、思いもしなかったことばかり。

わけの分らぬまま、駕籠で運ばれた先は、吾助が生れてこのかた、一度も足を踏み入れたことのない老舗《しにせ》の宿屋で……。

通された座敷で、キョロキョロしていると、

「父《と》っつぁん。——達者で良かった」

どこの大店《おおだな》の商人かという身なりで立っていたのは、見忘れもしない、貞二郎。

「お前か！」

「よく無事で……」

貞二郎も声を詰らせ、「疲れたろ？　ともかく、今日はここに泊って、のんびり手足を伸してくれ」

「そう言ったって、お前……。こんな高い宿屋、もったいないぜ」

貞二郎は笑って、

「心配するなって。後から女房とお光も来るよ。会ったろ？」

「ああ……」

「ともかく、そのなりじゃ落ち着くめえ。そこに包みがある。着替え一式、入ってるから、湯をつかって、替えといで。話はその後、ゆっくりしようぜ」

狐につままれたような心持の吾助だったが、

「ともかく、景気は上々のようだな」

と、貞二郎に言って、「じゃあ——遠慮なく、ひと風呂《ふろ》浴びて来よう」

「ああ、そうしてくれ。酒も仕度させるが、まああんまり飲まねえ方がよかろうな」

「あそこじゃ、酒は出ねえよ」

と、吾助は笑って言った。「しかし、あの——おくにさんっていったか？　何ともいい女じゃねえか」

「あれで、家のことも万端取り仕切ってくれるんだ。まあ、後でゆっくり話すといいよ」

まだ暗くなるほどの時刻ではなかったが、湯殿は湯気で真白になって、他に二、三の泊り客が入っているようだが、ぼんやりとその姿が見えるだけだった。

吾助は、真新しく、檜《ひのき》の香りのする湯船にとっぷり浸《つか》って、

「こいつあ極楽だな……」

と呟《つぶや》いた。

すると、

「往生にゃ、ちっとばかし早いだろうぜ」

と、湯気の中から声がする。

「——何か言いなすったかね」

と、吾助が声をかけると、

「お勤め、ご苦労だったね、吾助さん」

その声に、聞き憶《おぼ》えがある。

「お前、もしかして〈鼠《ねずみ》〉——」

「おっと。他の耳もありやすぜ」

と、声は吾助の後ろへ回って、近付いて来る。「達者で何よりだ」

「お前もな。——評判は、牢《ろう》の新入りからも聞いてたよ」

「なあに、ちっとばかりツキがあっただけさ。ときに、吾助さん」

と、〈鼠〉は声をひそめて、「今夜は、勧められても酒は飲んじゃならねえよ」

「何だと？」

「くたびれて遠慮しとく、と言いなせえ。何ならうまく口に含んで捨てることだ」

「——何が言いてえんだ？」

「酒に入ってる薬が効いて、一度眠ったら、丸一日は目が覚めねえよ。その間にどこへ連れてかれるか……」

「貞二郎は俺の子だぜ」

「今じゃ、すっかり大物だよ。あんたのような、職人気質《かたぎ》の盗《ぬす》っ人《と》とはわけが違う」

「貞二郎が？　そいつあ本当か」

吾助は愕然《がくぜん》とした。

「俺がこんな嘘をついてどうするね？」

と、〈鼠〉は言った。「ともかく、用心しなせえ」

ザブッと湯を出る音がして、

「おい、お前——」

吾助が振り返ると、もう近くに人の気配はなかった。

「父っつぁん、まあ何より一杯」

と、貞二郎が酒を注ごうとする。

「ああ、いや……。気持だけで充分だ」

と、吾助は言った。

「何だい、そりゃ」

と、貞二郎は笑って、「あんなに強かったくせに。まあ、あっちじゃ飲めなかったろうが、ここならいくら酔っても大丈夫。さあ、一つぐっとやりゃ、喉《のど》が思い出すぜ」

「いや、今日はやめとこう。この料理だけでも、腹の方がびっくりしてら」

貞二郎の額に、不機嫌そうなしわが浮んだ。

「それじゃ、何かい。俺の注ぐ酒は飲めねえって言うのかい」

「いいじゃないの、お父っつぁん」

と、座敷に並んだ娘のお光が貞二郎へ、「おじいちゃん、飲みたくないのに、無理して飲ませなくたって」

「いや、そうはいかねえ。俺とおくにが前々から考えて用意した席だ。それが気に食わねえっていうのなら——」

「誰も、そんなことは言っちゃいねえよ」

「だったら——」

「あんた」

と、おくにが亭主の肩を叩《たた》いて、「そんなことで腹立てるもんじゃないわ」

「だけどよ……」

「あんたに注がれたっておいしかないわよ。やっぱりお酌は女の手でなきゃ」

それを聞くと、貞二郎は、

「なるほど！　そこは気付かなかった」

と、徳利《とっくり》をおくにへ渡した。

おくには吾助の前に来て座ると、

「こんな女でお気に召さないかもしれませんが、どうかひとつ、飲んでやっておくんなさい」

と、吾助に微笑みかけた。

「こりゃあ……。貞二郎もお光も世話になってるあんたのことだ。断るってわけにゃいかねえな」

吾助は盃《さかずき》に酒を受けると、「じゃ、久々にいただくか」

と、一気に流し込んだ。

「いい飲みっぷりだ」

と、貞二郎は首を振って、「ちっとも弱くなっちゃいねえようだぜ」

「いや、もう充分だ」

と、吾助は盃を伏せた。「せっかくの料理をいただくよ」

「どうぞ召し上って下さい」

おくには貞二郎のそばへ戻った。

その後ろ姿が一瞬貞二郎の前を横切る。同時に、吾助は口の中に含んでいた酒を、手にした椀《わん》の中へ吐き出していた。

わずかだが、口の中に残った酒に、刺すような味を感じ取っていた。

あの〈鼠〉の言った通りだ。

しかし、なぜ？

吾助は〈名人〉といわれたスリである。

徒党を組んだり、人を傷つけたりすることは大嫌いで、その辺り、〈鼠〉と似通っていた。

倅《せがれ》の貞二郎が、堅気の仕事についてくれたらと願ってはいたが、何しろ父親が父親だ。盗っ人になったからといって、責めるわけにはいかない。

しかし、なぜ父親を薬で眠らせようというのか。今の吾助は十年ぶりに娑婆《しゃば》へ出て来た年寄りに過ぎないというのに……。

「ちょっと……ごめんよ」

吾助は立とうとして、よろけて見せた。

「何だ、もう酔ったのかい？」

と、貞二郎が笑う。

「いや……ちょっと湯中《ゆあた》りでも……したのかな……」

吾助はそのままグタッと畳の上に倒れ込んだ。

「おじいちゃん！」

お光がびっくりして、駆け寄って来る。

「心配いらねえ」

と、貞二郎が言った。「急にあれこれあって、目を回したのさ」

「だけど――」

「ここへ寝かしゃいいんだ。おい、おくに、仲居を呼んで、隣へ床を敷いてやれ」

「ええ。お光、あんたはもったいないから、お膳《ぜん》をいただきなさい」

「おじいちゃん、大丈夫？」

と、お光は気にしながら自分の膳の前へと戻って行った……。

　くぐり戸をトントンと軽く叩く音がして、表に立っていた着流しの男がちょっと眉《まゆ》をひそめた。

　そばへ寄って、中の様子をうかがっていると——いきなり戸が開いて、突き出された拳《こぶし》が男の下腹へ食い込んだ。

　男が目を回して引っくり返ると、

「さあ、早く」

　次郎吉《じろきち》は、吾助を促した。

　夜道へ出ると、

「こっちだ」

　次郎吉の後を、吾助は息を切らしつつ、何とかついて行く。

　古びた寺の墓地へ入ると、

「もう大丈夫。——無理させたな」

「なに、これくらいのこと……」

　吾助は近くの墓石に腰をおろすと汗を拭《ぬぐ》って、「礼を言うぜ。何の義理もねえお前さんが……」

「たまたま小耳に挟んだだけさ」

次郎吉は腕組みして、「今ごろは、あんたがいねえことに気付いて、あわてているだろうぜ」

「あの宿屋へ押し入ることになってたのか」

「そう聞いたんだ。しかも、吾助さんの帰る日だ。怪しいと思った」

「実の父親を、中から手引きしたと見せるつもりだったのか。信じられねえ」

と、吾助は息をついた。

「しかしな、吾助さん、こいつにゃ何か裏がありそうだぜ」

「というと？」

「どうも、それだけじゃねえって気がする。――まあ、俺が口出すことじゃないだろうが、よくよく用心してな」

「ありがとうよ。〈甘酒屋〉さん、だったっけな」

「そうしといてもらいやしょう」

次郎吉はニヤリとして、「たぶん、今夜は諦《あきら》めて手を引いてるだろうが、これから先、どうなるか……」

「俺はもうこの年齢《とし》だから、どうでもいいが、孫のお光が心配だ」

「分るよ。どこぞ行くあては？」

「そうだな……。昔の女ったって、もう今はどこにいるか」

吾助はちょっと懐しげに夜空を見上げて、「情のある、いい女だった。——だけど、俺はそいつの言うことを聞かねえで、この稼業をやめなかった」

「十年は短かないね」

「ああ。せめて、あいつにもう少し残してやるもんがありゃあな……。〈甘酒屋〉さん、こいつは借りにしとくよ。きっと恩返しはさせてもらう。俺のことなら心配しねえでくれ。橋の下で寝たって、牢屋《ろうや》の中よりゃましだ」

「もうちっと、ましな所で寝られるよ、きっと」

と、次郎吉は言った。「ほら、狐が迎えに来たぜ」

吾助が振り向くと、墓の間を、提灯《ちょうちん》の明りが揺れて近付いて来る。

見ていると、

「まあ、あんた。——お帰りなさい」

大分白髪の目立った女が、足を止めた。

吾助は夢でも見ているのかという思いで立ち上った。

「お前……。とめか」

「分りますか？　すっかりおばあちゃんになっちまったけど」

「懐しい……。笑ってくれ。なあ、そのえくぼが、昔のままだ……」

吾助は、とめの肩に手を置いて、「本当にお前なのか。幻じゃねえんだな」

ポロポロと涙がこぼれた。

「まあ……。あんた、以前は私の前で泣いたりしなかったのに」

と、とめは照れたように、「迎えには来たけど、今はあばら家暮しだよ。あちこち働いても、食べていくのがやっとでね」

「ありがてえ……。俺を忘れずにいてくれたのか。だけど……お前の世話になるんじゃ、あんまり申し訳ねえ」

「何を言ってるんだよ。私の家はあんたの家さ。――さあ、帰りましょ」

「ああ……」

吾助はグスンと洟《はな》をすすって、「〈甘酒屋〉さん、何と礼を言っていいか――」

振り向くと、もう次郎吉の姿はなかった。

「何て奴だ……。とめ、あいつを知ってるのか」

「向うが捜して来てくれたんだよ。――いい男だね」

「ああ……。世間にゃあんな男もいるんだな……」

と、吾助は言って、「じゃ、連れてってくれ。お前のお屋敷へ」

「いやだよ、この人は」

とめは、吾助の背中をちょっと叩《たた》いて、

「あんた……。背中が薄くなったね」

と、しみじみと言った。


見世物小屋の二階で寝転っていた次郎吉は、

「〈甘酒屋〉さん、お客だよ」

という声で起き上った。

下りて行くと、騒がしい小屋の隅で、振袖《ふりそで》姿が小さくなって俯《うつむ》いている。

「やあ、よくここが分ったね」

「あちこち訊《き》いて回ってたら、小袖《こそで》さんに会ったの。たぶんここだろうって……」

と、お光は言った。

「やれやれ、あいつにゃ内緒にできねえな」

と、次郎吉は苦笑した。

「内緒にしなきゃいけないような、悪い所へ行かなきゃいいのよ」

「こりゃやられた。——ま、そこらで団子でも食おう」

「うん」

お光は嬉《うれ》しそうに肯《うなず》いた。

近くの茶店で、〈名物〉という串《くし》の団子を二人で食べながら、

「ね、〈甘酒屋〉のお兄ちゃん、私、心配なことがあって……」

「何だい？　そろそろお光ちゃんも好きな男ができたか」

「やだ、そんなんじゃないわ」

と、むくれて、「おじいちゃんのことなの」

「おじいちゃん？」

「ね、私の話、聞いても私のこと嫌いにならないでね。もう会ってやらねえ、とか言わないで。約束して」

次郎吉は笑って、

「ああ、いいよ。何ごとだい？」

「あのね――私のおじいちゃん、牢屋へ入ってて、この間出て来たの」

「ほう」

「〈風の吾助〉って呼ばれた、有名なスリだったんですって。でも、決して人を傷つけたりしなかったのよ」

「なるほど。〈風の吾助〉か。聞いたことがあるな。すられた方は、風が吹いたくらいにしか思わなくて、気が付かなかったっていうな」

「その人が、私のおじいちゃんなの」

お光はちょっと潤んだ目で次郎吉を見つめて、「スリの孫なんか、あっちへ行けとか言わないでね」

「言うもんか」

次郎吉はお光の肩を軽く叩いて、「お勤めを果して娑婆《しゃば》に戻ったんだ。誰に遠慮することもねえ」

お光の顔がパッと明るくなった。

「良かった！　きっとそう言ってくれると思ってた！」

「それで心配ってのは？」

「おじいちゃんが——どこかへ消えちゃったの」

と、お光の表情が曇った。「それも、何だかおかしかったの、様子が……」

お光が、吾助のいなくなった夜のことを話すと、

「なるほどな。そいつは妙だ」

と、次郎吉は言った。「しかし、あんまり心配しなくたって大丈夫さ。おじいさんは、人目につきたくなくって、姿を消しただけかもしれねえ」

「そうならいいんだけど……」

と、お光は口ごもった。

「どうも、他にも心配するわけがありそうだね」

と、次郎吉は言った。「良かったら、俺に話してみな。なあに、大して役にゃ立つめえが、話すだけでも少しは胸が軽くなるってもんだ」

「ええ……」

お光は、不安な表情になって、「私……お父《と》っつぁんが信じられない」

「ほう？」

「おじいちゃんって、お父っつぁんのお父っつぁんでしょ？　普通なら、どこでどうしてるか心配すると思うのよ。でも、おじいちゃんのこと、話してるのを聞いてると……。怒ってるとしか聞こえない。昨日も、私が廊下にいるって知らないで、おっ母《か》さんと話してたんだけど、『あの爺《じじい》のおかげで大損だ、畜生！』って……。他の人のことならいいんだけど、きっとおじいちゃんのことだわ」

次郎吉は真顔になって、

「いいかい、お光ちゃん。そういう心配してることを、お前の両親に知られないようにしな。家じゃおじいさんのことは忘れたように、いつもの通りにしてるんだ」

「それって、どういうこと？」

「いいから、俺の言う通りにしてな。いいかい？」

お光はコックリと肯いた。

「でもさ」

と、小袖は言った。「その貞二郎とかって、子分を抱えてるんでしょ？　その内に吾助さんを見付け出すんじゃないの？」

「俺もそれは心配だ」

と、次郎吉は言った。「まあ、十年もたってる。あの女の居場所を見付けるのも手間だろうがな」

「はい、お汁。――このまま放っとくの？」

「いや、乗りかかった船だ。あのお光を悲しませたくねえしな」

「何かいい手でも？」

次郎吉は飯を食べる手を止めて、

「『手』か……。そうだな」

「何よ」

「あれほど名人と言われたスリの腕だ。そいつを活《い》かさない手はねえな」

何を考えているのか、次郎吉は、満足そうに顎《あご》を撫《な》でた……。

小屋

「それじゃあ、お先に」

とめは手を拭《ふ》きながら、中へ声をかけた。

「ああ、ご苦労さん」

気のいい女将《おかみ》が答えて、「残った煮付があるよ。持ってお行き」

「でも……。よろしいんですか。いつもすみません」

とめは何度も頭を下げた。

「いいんだよ。どうせ明日は食べられやしない。器は明日持って来とくれ」

「はい、それじゃ……」

とめは、勝手口を開けて外へ出た。

ふしぎなもので、吾助が家で帰りを待っていると思うと、ここの下働きが少しも辛《つら》くない。

吾助も仕事をするとは言っているが、あの年齢でやれることがあるものかどうか……。

ともかくしばらくは牢《ろう》で衰えた体を元へ戻すことだ。

夜の裏通りは本当なら真暗だが、並んだ居酒屋や小料理屋の店の明りが洩《も》れて、歩くのに不自由はしない。

とめが急いで行きかけると――。

前を遮った遊び人風の男。とめはハッとして振り向いたが、後ろももう一人に遮られている。

「――何ですね。私ゃおあしなんぞ持っちゃいませんよ」

「とめってのはお前だな」

と、男が言った。「分ってるんだ。吾助はどこにいる」

「何のお話ですか……」

「とぼけねえでくれ。こっちは忙しいんだ」

懐に入れた手で匕首《あいくち》を覗《のぞ》かせ、「一緒に来てもらおうか。それともここで吾助の居場所を吐くか」

とめは内心ホッとした。こいつら、とめの住いに吾助がいることは知らないらしい。

「知るもんかね」

と、とめは言った。「もう何年も会っちゃいないよ」

「とぼける気か？　痛い目にあわなきゃしゃべらねえか」

匕首が光ると、とめの喉元《のどもと》へ切っ先が突きつけられた。

「その面に、しわをもう二、三本刻んでやろうか？」

刃先がとめの頰に冷たく当って、とめもさすがに身震いした。

カタッと下駄《げた》の音がして、

「男二人で女一人をいじめるなんて、みっともなくありません？」

女の声がした。男は振り向くと、

「何だ。──こっちは若いな。待ってな。後でいただいてやる」

「こっちが願い下げだね」

「何を？」

と、男が向き直って、「この女の顔見知りか」

「だったら？」

「片付けてやる」

匕首を逆手に握り直すと、もう一人へ、「おい、そいつを逃すな」

と、声をかけておいて、一歩踏み出す。

相手が悪かった。──小袖は帯に挟んだ小太刀《こだち》を抜くと男の顔の高さを横に払った。

「あ……」

と、呻《うめ》く間もなく、もう一人も小太刀に顔を切られていた。

「とめさん、早く」

小袖はとめの手をつかんで、小走りに駆け出していた。

男たちが、叫び声を上げて騒ぎ出したときには、もう二人は大分離れていた。

「とめさん。私は小袖。次郎吉の妹ですよ」

懐紙で刃の血を拭《ぬぐ》うと、「いい所へ行き合せたわ。兄さんの代りに呼びに来たんです」

「まあ……。あの二人は――」

「目の辺りを浅く斬ってやったから、当分何も見えませんよ。さあ、急いだ方がいいわ。吾助さんはあなたのとこに？」

「ええ」

「じゃ、すぐに一緒に出ましょう。また他の奴らがやって来るといけない」

小袖はとめを促して言った。

「兄さんの読みが甘かったのよ」

と、小袖が言った。「私が行き合せたから良かったものの……」

「分ったよ。そうガミガミ言うな」

次郎吉は渋い顔で、「貞二郎の子分に、たまたまとめさんのことを知ってる奴がいたんだ」

「だからって――」

「まあ、小袖さん」

と、吾助がなだめて、「次郎吉さんにゃ本当に世話になってるんだ。そう言わないでくれ」

「いつものことだ。放っといてくれ」

と、次郎吉は煙管《キセル》に火をつけて、「ここにいるのも危いな。なあ吾助さん。とめさんと二人、住み込みで働かねえか」

「こんな年寄りでも使ってくれる所があるのかね」

と、吾助がふしぎそうに言った。

「あんたにゃ、誰にも真似できねえ特技があるだろ。そいつが役に立つ」

吾助が目を見開いて、

「待ってくれ。もう二度と人さまの懐は狙わねえと——」

「狙っても、返しゃいいんだろ」

「どういうことだい？」

と、吾助がわけの分らない様子で訊《き》いた。

「今夜の内に案内するよ。とめさん、大丈夫かね」

「私はこの人と一緒なら、どこへだって行きますよ」

「いいわねえ」

と、小袖は微笑んで、「兄さんにも、こんなこと言ってくれる女《ひと》が、いつかは現われるのかしら」

「人のことより、手前《てめえ》のことを心配しろ」

と、次郎吉は言った。「じゃあ出かけようか。——おっと、お前さんたち、何も食ってねえんだろ。おい、小袖」

「雑炊の残りで良きゃ、あったためるわ」

「何かねえのか、台所に」

「いや、気にしねえでくれ」

と、吾助が言った。「そう食わなくたって平気だよ」

「あら、そうだ」

と、とめが言った。「煮物の残り、ずっと抱えて歩いてたんだわ」

「そいつは上出来だ。そんだけありゃ、何とかなるだろ」

「でも、この器……どうしようかねえ」

と、心配しているとめだった。


「ごめんよ」

次郎吉が、下がったむしろを持ち上げて声をかけると、小さな灯が揺れて、

「おお、〈甘酒屋〉さん。待ってたぜ」

と、一応羽織をはおった小屋の主《あるじ》が出て来て、「そちらが昼の話の……」

「ああ。よろしく頼む」

「任しといてくれ。――まあお上んなせえ。見ての通りの芝居小屋だが、名のつくような小屋じゃねえ。ちょっとした芝居に踊り、手妻や軽業をやって見せる見世物小屋だ。気楽にしていなせえ」

「お世話になります」

吾助ととめは二人並んで頭を下げた。

「俺は弥太郎《やたろう》っていうケチな男だ。まあ一応は座頭ってわけだがね」

「なあ、弥太郎さん」

と、次郎吉が言った。「こちらをただ居候にしておくのはもったいねえ。働いてもらった方が、気も楽だろうしな」

「そいつはいいが……」

弥太郎はふしぎそうに、「何をやってもらえるんだね」

と言った……。

密談

お汁が少し辛過ぎたのかしら……。

お光が夜中に目を覚ますことはめったにない。——喉《のど》が渇いてたまらなかったのである。

両親は、少し離れた部屋で寝ている。

お光としては、継母《ままはは》のおくにが妙に色っぽいので、夫婦の寝間の近くでなくてホッとしている。

お光だって子供ではない。男と女がいれば何があるか、分っている。

お水を一口……。

台所へと足音を忍ばせて行く。

ほとんど真暗だが、迷うことはない。

あら……。こんな夜中に？

障子越しに明りが洩《も》れていた。

「——どうも手ぎわが悪くて申し訳ございません」

父、貞二郎の声だ。

「考えが足らないよ」

と言ったのは、おくにの声だ。「とめって女の後を尾《つ》けて行きゃ、吾助の居場所だって知れたのに」

「しかし、邪魔をした女は何者だ」

と、聞いたことのない男の声がした。「それほどの使い手とは」

「へえ。油断しやがったのもいけねえんですが、傷の具合から見ても、ただ者じゃございません」

「厄介だな」

もう一人の男は武士らしい。

こんな夜中に何の話だろう？

「いいか、貞二郎。どうしても〈風の吾助〉の腕が必要なのだ。何としても捜し出してくれ」

「今、八方手を尽くしております」

「いざとなれば……」

と、おくにが言った。「お光を使いましょう」

お光はギクリとした。

「孫娘か」

「吾助には何より可愛い孫。その子が重病で命も危いとなれば、きっと現われます」

「なるほど。それがいいかもしれんな」

「ですが――お光はまだ子供で……」

と、貞二郎が口ごもる。

「本当に病にならなくたっていい。そういう噂を流して、どこかへ閉じ込めとけばいいんだよ」

「そりゃあそうだが……」

「貞二郎。これはお前にも命がけの仕事だぞ。娘をえさにするぐらい、辛抱してもらわねば」

「へえ。よく分りました」

貞二郎は言った。「お光をどこか別宅へ連れて行きましょう」

お光の背筋に冷たいものが走った。

これは何の話？　あんなお父《と》っつぁんの声、聞いたことがない。

お光は後ずさった。廊下がかすかに鳴った。

「誰だ！」

と、武士の声に、足がすくむ。

ガラリと障子が開いて、おくにが出て来ると、

「まあ、お光。聞いてたんだね」

「何も……私……」

「それなら話が早いわ。お前さん、今夜の内にこの子を連れて行きましょう」

お光は、

「誰か来て！」

　と、大声を出した。「誰か！」

　おくにの拳《こぶし》がお光の腹へ食い込んで、お光は気を失って倒れた。

「おい、手荒な真似はよせ」

　と、貞二郎が出て来て、「大丈夫か？　死んじゃいまいな」

「自分の首の方を心配おし」

　と、おくには言うと、「黒木《くろき》様。お供の方をお借りしても」

「構わん。裏木戸の外に待っておる。すぐに呼ぶ」

　黒木と呼ばれた侍は、肯《うなず》いた。

「よろしくお願いいたします。――お前さん、こうなったら黒木様のお屋敷に運んでいただきましょう」

「それはしかし……」

「不服なことでもあるか？」

「いえ、そういうわけでは……」

「では、屋敷の蔵へ閉じこめておく。目を覚ますと厄介だ」

「ご心配なく。薬をかがせておきます」

　と、おくには言った。

黒木が供の者を呼びに行くと、

「だが……黒木様は、前からお光のことを妙な目で……」

と、貞二郎が言った。

「いいじゃないか。黒木様のお手がつきゃ、それこそ何よりのお約束だよ」

「しかし、お光がそれじゃ――」

「今にこの子だって分るさ。未練がましいこと言ってたら、この仕事は台なしだからね」

貞二郎は息をついて、

「――分ったよ」

と言った。「店の者にうまく言わねえとな」

「そいつは私に任せておきな。丁稚《でっち》や女中など、どうにだってなるよ」

おくには倒れているお光のそばへ片膝《かたひざ》をついて、「――この器量だ。高く売らなきゃ損だよね」

と言った……。

「さあ！　江戸っ子ならこの舞台へ上っといで！　このふしぎな目の持主、〈三つ目姫〉の前にピタリと座る度胸のある奴はいないか！」

甲高くまくし立てる声に、

「目は二つしかないじゃねえか」

「〈姫〉っていうより、〈三つ目婆さん〉だろ」

と、野次が飛ぶが、むろん二、三十人の見物人の中には物好きがいて、

「よし！　俺が出てやる！」

と、手を上げる。

「そう来なくっちゃ！　ほら、舞台へご案内しな！」

顔を白く塗った小男が、ヨタヨタとその客へと寄って行き、手を引いて舞台の袖《そで》へ連れて行く。

舞台上には、確かにあまり若くない巫女《みこ》の衣裳《いしょう》の女が一人、いささか気味が悪くなるような化粧をして控えている。

舞台へ上ったのは見るからに大工といういでたちの威勢のいい男で、

「さあ、俺を見て何が分るか、言ってもらおう！」

と、挑みかかる。

「待っておくれ……。今、三番目の目を開けて、あんたの懐の中を覗《のぞ》いてみるから」

と、巫女がしわがれた声を出して、じっと目を閉じる。

「ああ……。あんた、この後飲みに行くつもりなら、やめといた方がいいね」

と、巫女が言った。

「大きなお世話だ」

「たった三分二朱じゃ、仲間におごるわけにもいかないだろう……」

「え？」

と、大工はちょっと面食らって、「お前――いつ俺の財布の中を……」

「それに……質札が三枚も。早くしないと流れちまうよ」

「何だと？　いい加減なこと言いやがって……」

「それと……付け文があるね」

大工がギクリとして、

「そんな……付け文の一つや二つ……」

「おやおや」

と、巫女は笑って、「色男だね。通いつめた郭《くるわ》の女からの恋文だね。だけど、きっと同じ文句の文が、七人や八人の男の懐に届いてると思いなよ」

大工は真っ赤になって、

「何言いやがる！　こいつは……俺に惚《ほ》れてやがるんだ」

客がドッと笑った。

「〈金口屋《かなくちや》〉のお咲《さき》さんだね」

「どうしてそれを――」

　すると客の中から、

「お咲からなら、俺ももらってるぜ！」

　と、声が上った。

　更にもう一人、

「俺だって、ここに、そら！」

　と、懐から付け文を取り出す。

「何だって？　あいつ……。勘弁ならねえ！」

　と、いきり立つ大工を、巫女が、

「よしな、よしな」

　と、たしなめた。「向うは男を騙《だま》すのが商売だよ。うまく騙されてやるのが、いい男ってもんだろ」

「畜生め！――まあ、それもそうだな。たかが女一人で……」

　と、無理に作り笑いをする。

　客が一斉に拍手をした。

「さあ、〈三つ目姫〉の眼力に感心した人はぜひに心付けを！」

　拍手がひときわ大きくなる。小男が抱えて回る壺《つぼ》に次々に銭が投げ入れられた。

「よし！」

と、舞台の大工も財布を出すと、「ありったけの金を払ってくぜ！　おい、巫女さん、ありがとうよ」

さすが江戸っ子と、また拍手が起った。

「――いやいや、大したもんだ」

と、袖で見物していた弥太郎が舌を巻く。

客を舞台へ案内する白塗りの小男が吾助である。客が立ち上って脇へ出たときには、もう懐の物はすべて吾助が抜き取っている。

そして、袖でわざと少し手間取り、その間に懐の物の中身、すべてを書き付けて、客を巫女――むろん、とめの扮装《ふんそう》である――の前に座らせるときに、何もかも懐へ戻しているのだった。

引込みがてら、書き付けをとめに渡し、とめはそれを手の中に隠して読んでいるのだ。

「本当に神業だな」

と、弥太郎は吾助の肩を叩《たた》いて、「こいつは受けるぜ」

「いえ。昔に比べるとお恥ずかしいような……。すっかり腕がなまっちまって」

不服そうな吾助に、傍《はた》で見ていた次郎吉は思わず笑ってしまった。

「やあ、〈甘酒屋〉さん、来てたのかい」

と、弥太郎が言った。

「人前でこんなことをしてるたあ、誰も思わねえさ」

と、次郎吉は言った。

「こんな年寄りの巫女でいいんですかね」

と、とめは照れている。

そこへ、

「兄さん」

小袖が真顔で入って来た。

「どうした？」

「ちょっと耳を貸して」

小袖が次郎吉の耳へ何か囁《ささや》く。次郎吉が厳しい表情になった。

「吾助さん、悪い知らせだ」

と、次郎吉は言った。

狙う風

駕籠《かご》が停った。

「――何だ。おい、どうした？」

と、貞二郎は声をかけた。

すると、

「話をするにゃ、このままでいいだろう」

と、外で声がした。

貞二郎は息を呑《の》んで、

「父《と》っつぁんか！」

「俺をなめるなよ。お前よりゃずっと裏稼業で生きて来たんだ」

「――すまねえ」

と、貞二郎は言った。「これには色々わけがあるんだ」

「俺もお前も、それにたぶん、あのおくにって女も、ただ者じゃあるまい。だがお光に何の罪がある」

「父っつぁん、俺だって……。いや、今はそんなことを言っちゃいられねえんだ。黒木って旗本が、しっかり俺の首根っこを押えてる」

「俺をどうしようっていうんだ」

と、吾助は言った。

「あのとき、薬で眠らせようとしたのは、父っつぁんに昔の仕事をやらせるためさ」

「回りくどいことをしやがって」

「父っつぁん、お願いだ。父っつぁんの腕でなきゃやれねえ仕事だ」

と、貞二郎は言って、「顔を見せてくれ」

「だめだ」

と、吾助は言った。「話してみろ」

「父っつぁん……。日がないんだ。黒木様はお光に気がある。父っつぁんが引き受けてくれなきゃ、無理にも手ごめにしようとするだろう」

「情ねえ。それでも親か？」

吾助は腹立たしげに、「何を狙えっていうんだ？」

「やってくれるのかい」

「仕方ねえだろう。お光のためだ」

「ありがてえ！」

と、貞二郎はホッと息をついた。「実はな――」

雨上りのすっきりと抜けた青空に、総登城の太鼓が鳴り渡っていた。

桜田門《さくらだもん》へ向う各藩の侍たち。――仰々しく行列を組んで登城する大名もあれば、欠伸《あくび》しながらせかせかと役目に遅れじと急ぐ下級武士もいる。

「林禅院《りんぜんいん》様のお駕籠だ」

と、桜田門近くの茶店の主人が言った。

「珍しいな。今じゃめったにご登城なさらないが……」

奥女中を前後に、軽やかな駕籠で静かにやって来るのは、将軍の乳母をつとめて、すでに十数年前に仏門に入った林禅院。

他の大名たちの行列も、遠慮して道を譲っている。

江戸見物の行商人たちが、「話の種に」と、この延々と続く行列を、道の端におとなしく引込んで眺めていた。

そのとき、

「危ねえぞ！」

と、甲高い声が響き渡った。「暴れ馬だ！」

一頭の栗毛が、鼻息も荒く駆けて来る。

「誰か止めてくれ！」

走って追って来る馬子《まご》が叫んでいるが、とても追いつけるものではない。

暴走して来る馬を止めようなどと命知らずの輩《やから》もなくて、大名行列もあわてて傍へよけている。

女たちの行列は、一瞬立ちすくんだ分、動きが遅れた。

悲鳴が上る。――暴れ馬が、林禅院の乗った駕籠をぎりぎりにかすめて駆け抜け、駕籠はあおりを食らって引っくり返った。

どこの中間《ちゅうげん》か、一人が素早く走り寄った。

「大事ございませんか！」

駕籠から放り出された林禅院が、顔をしかめて起き上り、

「手を……貸して下され」

女中たちがやっと駆けつけて来て、

「申し訳ございません！」

と、青くなっている。

倒れていた駕籠を起すと、

「お気を付けて」

と、中間は足早に離れる。

「――ああ、ぬかるみで泥がはねた。このなりでは上様にお目通りできぬ」

「城内でお着替えを」

と、女中の一人が言った。「昨日が雨でございましたので、一揃いお持ちいたしております
「それは何より！——ではこのまま参りましょう」

林禅院が駕籠へ戻る。

すでに騒ぎはおさまって、太鼓が単調に鳴り続けていた。


「どうであった？」

ガラリと襖《ふすま》が開いて、黒木が顔を上気させて入って来る。

貞二郎とおくにの二人が、顔を上げた。

「黒木様。——こちらで間違いございませんか」

貞二郎は漆塗りの文箱を黒木の前へ置いた。

黒木はせかせかと文箱から一通の書状を取り出し、広げる。

「——おお！　これに相違ない！　さすがだな」

と、黒木は満足げに肯《うなず》いた。

「では黒木様。お光を連れ帰りとうございます」

と、貞二郎は言った。

「うん、そうだったな。――今、連れて来る。茶でも飲んで待っておれ」

女中が二人にお茶を運んで来て、黒木は文箱を手に出て行った。

「――やれやれだ」

貞二郎は息をついて、「これで済んだな」

「稼ぎどきはこれからだよ」

と、おくにが言った。

「おい、何だ、今の声は」

と、貞二郎が腰を浮かした。

「何だね、声って？」

おくには廊下の様子をうかがっていたが、「気のせいだよ」

「そうか……。どうもお光の顔を見ねえと落ちつかねえ」

二人はお茶を飲んだ。

「おくに……」

と、貞二郎は言った。「お前も、欲を出さなきゃ長生きできたものを」

「何だって？」

と言って、おくには目をカッと見開くと、胸もとをかきむしるようにして、その場に倒れ、血を吐いて絶命した。

「――俺だって、茶をすり替えるくらいのことはできるんだぜ」

と、貞二郎は言って手を合せた。

土蔵の扉を開けると、

「お光」

と、黒木は中へ入って、「仕事は片付いたぞ。しかし――お前の父は死んだ。妙に後悔していると、いずれ密告しかねないからな」

蔵の中、薄暗い中に背中を見せている人影を見て、黒木はいぶかしげに、

「お光か？」

「男と女の区別もつかねえんじゃ、もう先は長くないね」

と、立ち上ったのは――。

「盗《ぬす》っ人《と》か！」

「〈鼠〉と憶《おぼ》えていただきましょうか。もっとも忘れるほどの暇もないだろうが」

「何だと！」

「おくには死んだよ。毒入りの茶を間違って飲んでね」

「でたらめを……」

「それともう一つ。がっかりさせてすまねえが、その書状は偽物だ」

「何だと？」

「林禅院さんがひそかに育てていなすった子が、将軍様の落しだねに間違いない、という書き付け。一旦《いったん》盗んだものを、林禅院さんにお返しして、そっくりの偽筆を用意していただいたんだよ」

「貴様！」

「偽のご落胤《らくいん》を仕立てて後見になれば、大いに儲《もう》かると読んだんだろうが、そうはいかねえよ」

「おのれ！」

黒木が刀を抜き放つ。

次郎吉は素早く黒木の背後へ回ると、小刀を抜いて黒木の腹へ突き立てた。

黒木の体が床へ崩れ落ちた。

「切腹して果てたと世間には広まるだろうぜ」

次郎吉は土蔵を出て、桜の木から屋根へと身軽に飛び移った。

見物人から拍手が起った。

「さあ、他に〈三つ目姫〉の前に出る男はいねえか？」

弥太郎が今回は見物人を相手に、「さあ、どうだ？」

「俺が行くぜ」

「兄さん！」

小袖が呆《あき》れて、「酔狂な真似を……」

「なに、〈風〉の手並みをこの身で確かめたくてな」

と、次郎吉は小声で言って立ち上った。

——なるほど、〈風〉がそよと吹いたくらいの感触しかない。

次郎吉は舌を巻いて、吾助と共に舞台へ上った。

身を隠す必要もなくなったが、吾助ととめは、この演《もよお》しものを続けていた。

暴れ馬の仕掛は次郎吉が手伝ったものの、中間に化けて文箱を盗んだのは吾助の腕だ。

スリの稼業からは足を洗っても、どこかで「名人」の気概が残っているのだ。

巫女《みこ》が無事（？）次郎吉の財布の中身を当てて、

「いや、恐れ入ったぜ」

と、次郎吉が言うと、

「あともう一つ」

と、巫女が言った。「愛《いと》しい娘からの恋文が入ってるよ」

「何だって？」

懐へ手を入れて、次郎吉は仰天した。いつの間に、憶えのない文までが懐へ？

吾助は素知らぬ顔をしている。

次郎吉が文を広げると、

〈かの愛しき次郎吉兄さま……〉

と、お光の手である。

「おい、こいつは困るよ！」

と、吾助の方へ小声で言うと、

「可愛い孫の頼みでね」

と、涼しい顔で返される。

舞台を下りて、次郎吉は小袖を引張って小屋を出たが――。

「待ってたわ！」

目の前にお光が立っている。

「おい……。な、ここは一つ――小袖、頼むぜ！」

次郎吉はあわてて逃げ出した。

「待って！」

お光が必死で後を追う。

見送った小袖は、

「たまにゃ、捕手でなく、可愛い娘に追いかけられるのも、悪くないでしょ」

と呟《つぶや》くと、にぎわう芝居小屋の通りを歩き出した……。

鼠、傘をさす

取り違え

「降って来やがった」

通称〈甘酒屋の次郎吉《じろきち》〉は、ガラッと戸を開けて、「おい、一本つけてくんな」

と言うと、店の奥から笑顔で手を振っている妹を見付けて、

「何だ、ここにいたのか」

と、下駄《げた》の音をさせて、「道場の帰りか」

「まあね」

次郎吉の妹、小袖《こそで》は、茶道、生け花より剣術が趣味という変り種で、小太刀《こだち》を使わせては道場でも随一。

といって、見たところは娘盛りのいい女である。こうして酒も飲む。

次郎吉はさして来た傘を、戸口の脇へ立てかけておいたのだが……。

「ここの漬物は旨《うま》いな」

次郎吉は飯もかっこんで、「芝居見物じゃなかったのか」

「ちょっと気に入らなくて」

「通ぶってやがる」

と、次郎吉は笑った。

「そうじゃないのよ」

と、小袖は言った。「何でも将軍様の覚えめでたいお中臈《ちゅうろう》様が急にお芝居見物においでになるとかでね、お付きのお侍が何人も入口でジロジロ人のこと見てて。気分が悪くて、回れ右して来たのよ」

「へえ。迷惑な話だな」

「ねえ。木戸銭払って入ろうって客を、『一人で芝居を見るというのは怪しい』とかって言われちゃ」

気に食わない、となったらポンとけとばして来る気性の小袖らしい。次郎吉も笑うしかなかった。

「――でもね」

と、少しして小袖が言った。「ちょっと気になることがあったのよ」

「芝居のことか」

「行列よ。帰りかけたとき、ちょうどそのお中臈様って方の駕籠《かご》がやって来たの」

「それがどうかしたか」

小袖は、小声になって、

「将軍様お気に入りのお中﨟様でしょ。駕籠だって立派なもんだったわ。警護のお侍が十人も付いてたかな」

「それのどこが気になるんだ」

「付いてるお侍がね」

「侍がどうかしたか」

「およそ、一人も腕の立つ人はいなかったわ」

と、小袖はちょっと首を振って、「おかしいと思わない？」

「なるほど」

「もちろん、こんな時代に、お中﨟様を襲おうって輩《やから》なんかいないだろうけど、でもあのダラダラしただらしない行列は、ちょっと妙だったわよ」

「天下泰平ってことさ」

と、次郎吉は酒を一口にあおって言った。

「――少し小降りになったかな」

雨音の具合に耳を傾けて、次郎吉は言った。「行くか、今の内に」

「ええ」

小袖は立ち上って、「兄さん、傘は？」

「入口に立てかけといたよ。――おい！」

次郎吉は大股《おおまた》に歩いて行って、「畜生！　持って行かれた。新しい傘だったのに！」

「じゃ、さっき出てった職人さん風の人ね。取り違えただけかもしれないわ」

一本だけ立てかけてあるのは、しかし、似ても似つかぬ古傘。

「色が変ってるぜ。間違えやしねえ。わざと盗んで行きやがったんだ」

次郎吉は舌打ちした。

「仕方ないわよ。とりあえず、そいつをさして行きなさいよ」

「全く……。油断も隙もありゃしねえ」

次郎吉が言うのも妙なセリフだ。

「ごちそうさま」

と、店の奥へ声をかけて、小袖がガラッと戸を開ける。「細かいのが降ってるわ」

「そうか」

次郎吉が、仕方なく手にした傘をバサッと開いた。

次郎吉は、呆気《あっけ》に取られて、ほとんど骨だけになったそのボロ傘を見上げていた。

——小袖がたまらずふき出す。

「笑うな、畜生め！」

「じゃ、私と二人で相合傘と行きましょうよ。入れてやるから」

「ふざけやがって」

そのボロ傘を投げ捨てて、二人は細かい雨の降りかかる中、夜道を歩き出した。

ほんの二、三町行った辺りで、

「――何か聞こえた？」

と、小袖が足を止める。

「人の声かな」

「呻《うめ》き声？」

細い小路の奥から、フラッと出て来た男が、

「助けてくれ！」

と、かすれた喘《あえ》ぎを洩《も》らすと、そのままぬかるんだ道へと倒れ込んだ。

「おい！　しっかりしな！」

次郎吉はかがみ込んで、男の肩をつかんだ。「こいつは――斬られてるぜ」

肩先から背中へ、ぱっくりと刀傷が斜めに走っている。

「助からないわね」

「ああ……。息が絶えた」

次郎吉が立ち上って、ちょっと合掌すると、「自身番へ届けなきゃな」

「兄さん。この人……」

「何だ、知り合いか？」

「そうじゃないわ。――あそこに傘が」

雨の中、バッサリと切り裂かれた傘が逆さになって落ちている。

次郎吉は近寄って、

「俺の傘だ」

と言った。

「ね、まさか、この人……」

次郎吉は傘を拾い上げて、

「俺と間違えられたっていうのか？」

「だって、物盗《ものと》りが狙うような相手じゃないし……。この斬り口は、腕の立つ侍よ」

と、小袖は言った。

「そうか。しかし俺だって、そう人さまの恨みは買っちゃいねえつもりだがな」

「兄さんがそう思ってるだけかも」

「いやなこと言うなよ」

「自身番へは私が届けるわ。――どこの誰だか、すぐ知れるといいけどね」

雨は細かく降り続けていた……。

因果

「失礼ですが」

という声に、小袖は足を止めた。

「私でしょうか」

「小袖様でいらっしゃいますか」

まだ若いが、どうやら奥女中という身なり。

「小袖は私ですが」

「恐れ入ります。私の主人が、ぜひお目にかかりたいと申しておりますので、ご一緒していただけないでしょうか」

「どちらへ？」

「この先の船宿でございます」

小袖は迷いもせずに、

「分りました」

と肯《うなず》いた。「参りましょう」

「ありがとうございます。お手間は取らせません」

小袖はその女中に何となく見憶《みおぼ》えがあった。ついて行かねばならない義理はないにしても、いささか好奇心を刺激されたことも事実である。

一軒の船宿の前に、駕籠《かご》があった。やはりそうか。

あの芝居見物に水を差されて帰った日、やって来ていたお中﨟《ちゅうろう》の駕籠だ。

船宿の中へ入ると、

「お二階でお待ちでございます」

と、女中はそこで傍《そば》へ控える。

小袖は一人、二階へ上って行った。

「中﨟、紫の方様じゃ」

ちょっと底意地の悪そうな女官に、ありがたそうに言われても、小袖としては困るのである。

しかし、まあ大奥という庶民とは無縁の世界で、ともかく偉い人なのだろう。

「小袖でございます」

一応礼儀はわきまえている、というところを見せなければならない。

「小袖か。苦しうない。近う」

思いがけないほど若い声だった。

「いえ、私はここで」

と、小袖は言った。「どのようなご用でしょうか」

軽やかな笑い声が弾《はじ》けた。

「変らないのね、小袖さん」

「え？」

顔を上げた小袖は、「——千代《ちよ》さん！」

と、目をみはった。

「これ！　紫の方様に向って——」

「構わぬ。そなたは襖《ふすま》を閉めて、向うへ行っておいで」

「はあ……」

不満げな女官が退《さ》がって、小袖は紫の方の前へ進み出ると、

「千代さんがお中臈？」

「ふしぎな縁でね」

と、紫の方は疲れたように、「大奥のご奉公に上るくらいしか、父の病を救う手がなくて、泣く泣く家を捨てたのだけど……」

「将軍様のお気に入りと聞いたけど」

「たまたまのことでね。——私は奥女中の身でいたかった」

かつて、千代は小袖と一緒に道場に通っていた仲だ。その内、父親が病に倒れ、や

めて行った。

「大奥に上ったとは聞いてたけど……。こんなことになっていたのね」

「ねえ、小袖さん。お願いがあって、来てもらったの」

「私に？」

「ええ。もちろん、小袖さんには何の係《かかわ》りもないこと。大奥内での争いに巻き込みたくはない。でも、他に頼る人がいないの」

「それって……」

「今も、駕籠に警護の者がついて来ていない。見たでしょう？」

「ええ。この前の芝居見物の行列も」

「見ていたの？」

「剣など使えないお侍ばかりね」

「そうなの。――遠からず私は斬られて果てそうな気がする」

「千代さん……」

「小袖さん」

紫の方は、小袖の手を取ると、「お願いです。私を守って。私と、このお腹の子を……」

「よせよせ」

と、次郎吉は言った。「大奥なんぞ、こちとらにゃ縁もゆかりもねえ。大体お前に大奥づとめなんかできるわけねえだろう」

「そんなことじゃないのよ」

と、小袖は困った様子で、「ただ――紫の方様としちゃ、ご懐妊を嫉《ねた》んでいる一派がいて、大奥の中では手を出しにくいので、ああして出かけたときに、闇へ葬ってしまおうって……」

「いやなもんだな、大奥なんか」

次郎吉はゴロリと横になった。

「このまま行けば、お世継の生母ということにもなりかねないでしょ。どこで命を狙われるか……」

「用心棒をやるつもりかい」

「ずっとついてるわけにはいかないわ。でも、紫の方が――千代さんが殺されるのを、黙って見ているのも辛《つら》いのよ……」

「だからってお前――」

「十日後に、千代さんはご法事を控えていて、そのとき、刺客が待伏せしてるって話らしいの」

「分ってるなら、当人が何とかするだろうぜ」

「それができないんですって。色々、取り仕切ってる所が違ってて、行列の人数から、警護の手配まで、千代さんには一切口出しできないそうなのよ」

「厄介な話だな」

「みすみす殺されに行くなんて……。できることなら、助けてあげたい」

と言って、小袖はため息をついた。


「何ぞご用で？」

次郎吉は自身番へ顔を出した。

〈鼠《ねずみ》〉としては、あまり同心やら岡《おか》っ引《ぴ》きと親しくはなりたくないが、向うが何かと次郎吉に頼ってくる。

「やあ、すまねえな、〈甘酒屋〉さん」

岡っ引きの竜五郎《たつごろう》が床机から腰を上げた。

「いや、こっちはご存じの通りの暇人ですからね」

「この前の雨降りの晩の仏様だ。やっと身寄りって者が現われたんだよ」

次郎吉の傘を持っていて斬られた男だ。

「そいつは良かった。それで浮かばれますね」

「何でも、死んだ奴の弟ってのがやって来てな、仏様をひと目見て、兄だと言ったよ」

「そうですか。──で、私にゃ何のご用で？」

「その弟ってのがな、どうしてもあんたに会って、そのときの様子を訊《き》きたいと言ってるんだ」

と、竜五郎は十手で肩をトントンと叩《たた》いて、「まあ、一度話を聞きゃあ得心するだろう。すまねえが……」

「そう言われても、知ってることもないけどね。その弟ってのはどこに？」

「この先の茶屋でお前さんを待ってる。広吉《こうきち》って名の商人《あきんど》だ」

「へえ。じゃ、行ってみましょう」

「手間かけてすまねえな」

「いいえ、お安いご用で」

ガラリと戸を開けて、「親分、今度一杯やりましょう」

「お、いいね。声かけてくんな」

竜五郎は、次郎吉が博打《ばくち》で儲《もう》けると、ちょっと上物の酒をおごるので、上機嫌なのである。次郎吉にしても、酔って竜五郎のこぼす愚痴が、役に立つこともある。

「次郎吉さんですね」

弟といっても、もう四十は過ぎていよう。しっかりした大店《おおだな》の番頭かという身なり。

「広吉さんで」

「ご足労いただいて申し訳ありません。まあ、昼間から何だが、良かったら酒でも」

「昼間はよしときましょう」

と、次郎吉は茶屋の座敷で、「茶を一杯。それで充分でさ」

「その節は、お手数をおかけして」

広吉はていねいに礼を言うと、「兄、草介《そうすけ》は、人に斬られるような男ではないのです。なぜ斬られて死んだのか。雨の夜に」

「草介さんとおっしゃる。格好から、遊び人かと」

「確かに」

広吉は肯《うなず》いて、「兄も私も、九つの年齢《とし》に奉公に出され、辛い思いをしました。ですが、私はじっと辛抱して、今はこうして商人として、近々店も持てる身。しかし、兄は我慢ということのできない男で、奉公してひと月足らずで店を逃げ出してしまい
……」

「後は悪い仲間に入って、というわけですかい」

「お察しの通り」

「しかし、先ほど兄さんは人に斬られて死ぬ男ではないとおっしゃいましたね」

「ええ。矛盾するようだが、兄は人に好かれる性質《たち》でした。短気でしたが、憎めない男で――」

広吉はそう言って、「あの夜、誰か怪しい人影でも見ませんでしたか」

「いや、俺は草介さんが倒れて亡くなるのを見ただけでね」

「そうですか」

「しかし刀傷で、一刀の下に斬られていなさった。あの傷は侍のつけたものでは？」

「さようです。自身番でもそう言われ、どうやら物盗《ものと》りの仕業でもなし、辻斬《つじぎ》りにでも遭ったのでは、と」

「背中を斬られてなすった。逃げようとして、一太刀に……」

「それが妥当なところでしょうか」

と、広吉はため息をついた。「いや、ご足労いただいて申し訳ない」

「どういたしまして」

次郎吉は、座敷の表の気配に、「どなたか他にお客のご予定が？」

「いや、特に」

「雨でもあるまいが、音がしますな」

次郎吉は立ち上って障子をガラッと開けた。

いきなり浪人が刀を抜いて飛び込んで来た。

「おっと！　物騒だね」

「貴様に用はない！」

浪人は、広吉へ向って剣を振り上げた。

広吉の体が一瞬宙へ飛んだと思うと、剣をよけて、浪人の腰から小刀を引き抜き、浪人の腹を一突きにした。

浪人はよろけて、空をつかもうともがくと、そのまま庭先へと転り落ちた。

「——何と、広吉さん。みごとなお手並みで」

と、次郎吉は言った。

広吉は小刀を投げ捨て、

「次郎吉さん、庭先の気配を察したあなたも、ただの遊び人ではないようですな」

「面倒なことに係《かかわ》り合うのは性に合わなくてね」

次郎吉は油断なく、「あの仏があんたの兄さんってのも、怪しいものだね。しかし、俺には係りないことだ」

「今のところは」

と、広吉は言った。「またお目にかかりましょう」

「こっちは会わなくても一向に構わねえが」

と、次郎吉は言って、「この浪人はどうしますね」

「金で何とか始末をさせます」

「それが利口だ。じゃ、これで失礼しますぜ」

次郎吉は広吉にちょっと会釈して、座敷を出て行った。


「それって、どういうこと？」

と、小袖は訊いた。

「いや、よくは分らねえ。あの浪人は金で雇われただけの奴だろうが、広吉って男には、どこか深く恨みを呑《の》み込んでるところがある」

「兄さん――」

「放っておきたいところだが、あの茶屋で広吉と会っていただけで、仲間と見られているかもしれねえな」

次郎吉はのんびり寝そべって、「お前も、誰かに尾《つ》けられていねえか、用心しな」

次郎吉は、あの広吉という男の身の上が知りたくなっていた。

働き者

その店の前は、荷を山積みした馬車と手押し車がひしめき合って、

「馬鹿野郎！　どこ見てやがる！」

「早くしてくれ！　こっちは忙しいんだ！」

といった声が飛び交う。

まるで大喧嘩《おおげんか》の現場のようだ。

「六助《ろくすけ》さん、車を右へ寄せて下さい。弥吉《やきち》さんは、そっちで順番を待って。――目一杯、急いでますんで、ご辛抱を」

店先へ出て来て、入り乱れる荷を的確に捌《さば》いているのは、広吉だった。

なるほど……。

少し離れた道の向いで、次郎吉はその有様を眺めていた。

あの茶屋で浪人を倒した手並みは、とても商人のものとは思えないが、それでいて身についた雰囲気は変えようがない。

確かに広吉は大店の番頭に違いない。それも、あの手ぎわの良さ。人足一人一人の顔と名前を憶《おぼ》えていて、ちゃんと名前で呼びかけるので、呼ばれた方も嬉《うれ》しいだろう。

広吉に言われると、ブツブツ言いながらも従っている。

「――はい、次の荷は弥吉さん。――さ、奥で冷やを一口」

広吉は、少しも横柄なところがなく、巧みに荷を捌いていく。

「大したもんだ」

と、次郎吉が呟《つぶや》いた。

「何を見物してるの？」

耳もとで声がして、びっくりする。

「小袖、驚かせないでくれ」

「次に忍び込む先？　大名屋敷じゃなかったの？」

「そうじゃねえ」

次郎吉が顎《あご》をしゃくって、「あの番頭だ。広吉って男さ」

「あれが？」

小袖は、荷車の間を小走りに動き回っている男をしばらく眺めていたが、「――うん、剣の修行を積んだ動きだわ」

「確かにな。しかし、本業はどう見ても番頭だぜ」

「きっと、お店の人にも知られないようにしてるんだと思うわ」

「そんな真似ができるか？」

「相当の覚悟が必要ね。でも、分らないのは理由《わけ》ね。どうして剣を学ぶ必要があるのか」

と、小袖は言った。「一人で修練を積んだわけじゃないでしょう。誰か、あの男に剣を教えた人がいるはずよ」

「なるほど。そっちからたぐるって手があるな」

「でも、江戸に道場は沢山あるわよ。それに、普通に道場へ通うなんて、とてもできないでしょ」

「そうだな。ということは……」

「誰か、腕の立つお侍か浪人に、こっそりついて教わったのよ」

「そうなると捜しようがねえな」

二人はしばらくその店先を眺めていた。

「——あの店は、紅や白粉《おしろい》をお城へ納めてるんだわ」

「城へ？」

「ええ。確か大奥ご用達《ようたし》と聞いたわ」

「ほう……」

次郎吉は、店先が少し落ちつくと、広吉が着替えて出て来るのを見た。

「どこか、お得意を回るのか」

「そのようね」

小僧を連れて、広吉は足早に人の流れに消えて行った……。


「ご苦労様でございます」

茶と菓子を出されて、広吉は、

「恐れ入ります。何かご注文で不足のものはございませんでしょうか」

「きちんと揃っていたようでございます」

千草《ちぐさ》は微笑んで、「広吉さんは決して間違えることなどございませんね」

「そんな……。私など、うっかり者ですから」

と、広吉は笑ってから、「千草さん。紫の方様はお変りございませんか」

「はい。ただ——やはり時々はご気分がすぐれないこともおありで」

「さようでしょうな。何かお持ちする物がございましたら、何でもお言いつけ下さいと」

「はい。確かにお伝えいたします」

千草はちょっと廊下の気配へ振り返ってから、「では、少しお待ち下さい。次にお願いする品を書き付けて参ります」

「いいえ、そんなお手数を。おっしゃって下さればよろしいので」

「ともかく、少しお待ちを」

千草は立って出て行った。

広吉の顔から柔和な笑みが消える。

大奥といっても、離れ小島ではない。食材や日々の雑貨はこの一角へ運び込まれる。

広吉も十日に一度、日を決めてやって来るのである。

菓子には手をつけず、お茶をすすっていると、襖《ふすま》が開いた。

「千草さん、早いですね」

と、広吉は茶碗《ちゃわん》を置いた。

襖を閉めた女が、広吉の方を向く。

広吉がハッと息を呑んで、

「何となさいました！」

と、押し殺した声を上げる。

奥女中の着物だが、それは――紫の方だった。

「広吉殿」

と、紫の方は広吉のそばへタタッと寄ると膝頭《ひざがしら》がつくように座って、「お会いしとうございました」

「こんな危いことを――。万一、誰かに見咎《みとが》められたら、どうなさいます」

「構いませぬ。いっそ斬られて死ねば、どれほど楽か……」

「何をおっしゃいます」

広吉は、やっと立ち直って、「今は大切なお体。気がふさぐのも、ご懐妊中ゆえでございます」

「意地悪な……」

紫の方は顔をそむけてすすり泣いた。

「気を強くお持ちなさいませ。私は――もう何のお力にもなれません」

「広吉殿……。私が上様のお子を宿したと知って、恨んでおいででしょう」

「何をそのような……」

紫の方の手が、広吉の膝に置かれた。

「広吉殿に、この胸の内を思う存分話すことができたら……」

「紫の方様。あなたが千代さんだったときとは違うのです。今は別のお方。私のことなど、もうお忘れにならなければ……」

「忘れられるものなら、こうして忍んでは参りません」

紫の方は広吉の手を握った。

「――旦那《だんな》様」

と、襖越しに千草の声。「お戻りになられませ。女中たちが参ります」

「ああ……。広吉殿、今度の法事のときに――。お願いです」

「早くおいでなさいませ」

紫の方は袖口《そでぐち》で涙を拭《ぬぐ》うと、素早く立ち上った。

襖を開けようとして、一瞬振り返ると、

「必ず。――必ず、おいで下さい」

広吉は何も言えずに、素早く紫の方が姿を消して、閉じられた襖を見つめていた……。

行列

「こんなことじゃ困りますね」

と、広吉がきっぱりと言った。「二度とないようにするとおっしゃったじゃありませんか」

「どうも……申し訳ない」

「仕入れ先を変えるしかありませんな」

「広吉さん！　それは何とか勘弁して下さい！」

「一度ならともかく、二度となるとね。うちの信用にもかかわります」

店先に陣取った広吉は、表情一つ動かさずに言った。

「もう決して――決してこんな間違いのないようにしますから！　今度だけは許して下さい！」

「ここは店先ですよ。そんな大声を出さないで下さい」

と、広吉が言ったとき、一人の小僧が駆けて来ると、

「番頭さん」

「何だね」

小僧が広吉の耳に何か囁《ささや》く。広吉は、

「分った」

と、小さく肯《うなず》くと、「では、三日以内に新しい品を納めて下さい。それができなければ、仕入れ先を変えます」

と言って立ち上った。

「広吉さん！　ありがとう！」

土間にくっつきそうなほど頭を下げるのを後に、広吉は店の奥へと急いだ。

台所の戸を開けて、外を見回すと、大分老け込んだ浪人がうなだれて立っている。

「先生！」

広吉が小走りに、「こんな所へ。正面からおいでになればいいのに」

「いや、こんな立派な店に、このなりでは……」

浪人は照れたように笑って、「いつもすまんが、広吉……」

「どうぞ」

広吉は、懐紙に包んだ小判を手渡して、「困ったらいつでもおっしゃって下さい」

「いつもすまんな……。どうも薬代がかさんで」

「奥様の具合はいかがですか」

「ああ。少しずつ弱っとるよ。もう若くない。仕方ないさ」

「先生……。そんな気の弱いことを」

そこへ、「番頭さん！」と呼ぶ声が聞こえた。「先生、私はもう戻りませんと」

「ああ……。すまん！　悪かったな」

「いえ、私こそ、なかなかお見舞にも伺えず……」

「もう行ってくれ。この金はきっといつか返す」

広吉は黙って首を振ると、素早く戸口から中へ消えた。

「どうした？」

広吉の声がかすかに聞こえて来ると、浪人はその方向へ向って手を合せた。

浪人は、急ぎ足でその場を立ち去ると、漢方薬を商う薬問屋へと向った。

「——これを煎《せん》じて、一日二回。よろしいですね」

「うん。分った」

「ではお大事に」

薬問屋を出た浪人は、少しホッとした様子で、途中茶店に寄って、団子を食べた。

「旨《うま》いな。あと二串《くし》、包んでくれ」

「へい、毎度」

愛想のいい主人がすぐに紙にくるんで渡してくれる。

少し日の暮れかかったころで、浪人は、あるさびれた寺の境内を通り抜けようとした。

「――おい」

呼ばれて足を止めると、

「何だ、岸谷《きしたに》か」

と、同様にみすぼらしいなりの浪人へ、「女房に薬をやらねばならん。酒は断《た》っている」

「分ってる」

と、岸谷というその浪人、「金になる話を持って来た」

「どうせ、ろくな話じゃあるまい」

「待てよ。西原《にしはら》、これはお前の腕が必要なんだ」

西原と呼ばれた浪人は、顔をしかめて、

「誰かを斬れと言うのか」

「金になることだ。多少は我慢しろ」

「しかしな……。俺ももう若くない。昔ほどは役に立たん」

「三十両だ」

そう聞いて、西原は耳を疑った。

「三十両だと？　何人で分ける？」

「一人三十両だ。――どうだ、いい仕事だろう」

西原はつい周囲を見回した。

三十両という大金は、西原がどんなに働いても用意できまい。三十両あれば、妻のさとを、どこか養生できる所へ連れて行くこともできる。

「よほどの相手だな」

「詳しいことは、また話す。どうだ、やるか？」

西原は少し考えていたが、

「やる」

と、肯いて見せた。

「よし。明日、この時刻にここへ来い。仕事はまだ少し先だ」

岸谷はニヤリと笑って、「お前がいれば安心だ」

と言うと、素早く姿を消した。

「三十両か……」

誰か、よほど腕の立つ相手か、それとも斬りにくい相手か……。

「貧乏はしたくないものだな……」

と、西原は呟《つぶや》いた。

――いつの間にか、目の前に男が立っていた。西原は一瞬ゾッとした。

着流しの遊び人風だが、全く気配を消して近付いて来た。もしこっちを狙ったのなら、完全に斬られていた。

「どなたかな」

西原は侍同士のような口をきいた。

「なに、見た通りのケチな野郎で。〈甘酒屋の次郎吉〉と申します」

「いや、並でない腕とお見受けした」

「そちらこそ」

次郎吉はちょっと微笑んで、「失礼ですが、広吉さんとお会いになったところから、ずっとついて参りました」

「何と……。全く気づかなんだ」

「一つ伺いたいことがございましてね」

「何のことかな」

「広吉さんに剣を教えたのは、あんたですかい」

「さよう。それが何か？」

「大店《おおだな》の番頭で、あれほど忙しくしている広吉さんが、なぜ剣を学ぼうとされたのか、それが伺いたいので」

「広吉殿とお知り合いか」

「顔見知りって程度ですがね。ただ、どうもよほどの深いわけがありそうで、そいつをご存知かと思いましてね」

西原は少し迷っていたが、

「――分った。少し待っていてくれ。薬を女房に飲ませなくては」

「承知いたしました。人に聞かれて困る話なら、どこか茶屋の部屋でも借りときますぜ」

「いや、もったいない！」

西原はそう言って、「つい口ぐせでしてな。浪人暮しが長いと、『もったいない』と、ふた言目には言ってしまう」

西原はちょっと笑った。

「酒がなければ、この世は生きる値打はないと信ずるほどの頑固者でしたがな」

と、西原左門《さもん》はそばをすすって、「飲まなくなっても、一向に困らぬ」

「西原さん。——広吉さんはなぜあんたから剣を習ったんで？」

「初めは、広吉殿も話そうとしなかった。ともかく実際に人を斬る剣を学びたい、と申されてな」

と、西原は言った。

生活に疲れた浪人の暮しは、すり切れた袴《はかま》や、白髪の多い頭にも見てとれる。

「しかし、ともかくびっくりするほどの謝礼を払ってくれるというので、私としても断れなかった。——むろん、その金には、余計なことを訊《き》かぬという意味もあったろう。しかし、やはり自分が教えた剣で、誰か罪のない者が斬られては、内心穏やかでない」

「それで……」

「広吉殿の気迫は大したものだった。短い間に腕を上げられた。——そして、あるとき私は、差し支えなければ話してほしい、と頼んだのだ。広吉殿も、そのころには私のことを師と仰いでくれるようになっていた……」

西原は茶を飲んで、「広吉殿は、ポツリポツリと話してくれた……。辛《つら》い話だったが」

次郎吉は黙っていた。——広吉との間に、他言しないと約束があったのだろう。

しかし、西原は次郎吉を見ると、

「貴公の腕は相当なものだ。剣を悪用する輩《やから》ではないと見たので、お話しするのです」

「信用して下さって結構。広吉さんの身を案じてのことです」

西原は肯《うなず》いて、

「早くに両親を亡くし、広吉殿はずいぶん苦労されたようだ。心の支えは、四つ年下の妹で、二人身を寄せ合い、本当に仲のいい兄妹だったらしい。そして、広吉殿が十二歳で、あの店に奉公し始めたころ……。妹は捨てられていた子犬を飼って、可愛がっていた。珍しいお休みの日、兄妹で出かけようとしていると、行列がやって来た。大名ではなかったようだが、ともかく控えて、通り過ぎるのを待っていた。侍が何人かついていて、おそらく城中の身分の高い方だったのだろう」

「その行列に……」

「ちょうど行列が目の前を通りかかったとき、妹の懐に入っていた子犬が、道の向いにいた鼠を見付けて、飛び出してしまった。妹は犬を追って、行列の前へ駆け出した

……」

次郎吉は、眉《まゆ》をくもらせて、

「では、そのときに――」

「行列の先頭にいた侍が、一刀のもとに、妹を斬り捨ててしまったのだ」

「可哀そうに……」

「広吉殿は、止められなかった己れを責めながらも、わずか八つの女の子をなぜ斬った、とその侍をにらみつけた。――危うく、広吉殿の方も斬られるところだったが、さすがにそばにいた侍が止めたそうだ」

「むろん斬った侍の方は、お咎《とが》めなしですな」

「さよう。広吉殿は、しかしその侍の顔をしっかり憶《おぼ》えていた」

「すると、その侍に……」

「どこで見たかは話してくれなかったが、確かにその侍に違いない相手に、出会ったのだ」

「それで剣を学ぼうとされたわけですな。――妹の仇《あだ》討ちですか」

「それは容易ではない。むろん、正面切って仇討ちを挑むわけにはいかんし、闇討ちすれば、人殺しとして追われることになる」

「しかし、広吉さんも、そんなことはご承知でしょう」

「そうなのだ。私としては、『命を大切にしなさい』と言うだけだった……」

次郎吉は西原の手に紙包みを握らせて、

「そば代と、話の代金です。――だが、西原さん。あなたにも同じことを申し上げときますぜ。『命を大切に』。病身の奥さんが一人遺《のこ》されたらお気の毒だ」

西原はちょっと目を伏せた。

「では、これで」

次郎吉は立ち上ると、「さっきの話はお断りなさいまし。それに、引き受けるのなら、その刀じゃね」

「そうか。竹光《たけみつ》と見抜かれたたな」

と、西原は苦笑して、「質屋から請け出すだけでも金がいる。今夜、せいぜい迷うことにいたしましょう」

西原は立ち上ると、

「では、ごちそうになります」

と、深々と頭を下げた……。

本堂に死す

「じゃあ、あの斬られた人は広吉って人の兄じゃなかったのね」

と、小袖は言った。

「ああ。そうだろうとは思っていたが……」

次郎吉は畳に寝転んで、「おい。お前の方はどうなんだ」

「私の方って？　千代さんのこと？」

「うん。その後、何か言って来たのか」

「何も。――でも、法事で出かけて来るのは確か四日後だわ」

「そうか……」

小袖は兄のそばに座って、

「兄さん、何か心当りがあるの？」

「広吉に剣術を教えた西原左門って浪人だが、誰かを斬るのを頼まれている」

「斬る？」

「それも浪人何人かでかかって、一人三十両の礼金だそうだ」

「一人ずつ三十両？　大金ね」

「そう思うだろ？　相手はよほどの人物だ。それとも……」

「それとも？」

「殺しを頼んだ奴は、初めっから払うつもりはないのかもしれねえ」

「何ですって？　それじゃ……」

「仕事が済んだら、まとめて斬るつもりなら、いくらでも約束できる」

「それはそうね……」

と、小袖は肯いた。

「それより、どうも気になるんだ。西原って浪人が頼まれた仕事ってのは、もしかして——」

と、次郎吉が言いかけたとき、

「失礼いたします」

と、声がした。「小袖様のお宅でございましょうか」

「あら、あの声……」

小袖は立って行った。

「あなた、いつぞやの……」

入って来た女は御高祖頭巾《おこそずきん》を取ると、

「紫の方様付きの千草と申します」

と、次郎吉の方へも会釈をして、「旦那《だんな》様のお申し付けではなく、私の一存で伺いました」

「私に何か……」

小袖は千草を上げて、「間もなくご法事でお城を出られると伺いましたが」

「そのことなのでございます」

千草は畳にきちんと座ると、「お二人は広吉という人をご存知でいらっしゃいますね」

次郎吉は座り直して、

「こっちからお訊《き》きするところでしたよ」

と言った。

――千草の話に、小袖は息を詰めて聞き入った。

「では、広吉さんと千代さん――紫の方様が……」

「あのころは千代さんでした」

と、千草は言った。「大奥出入りの広吉さんにお茶など出している内に、お二人は好き合うようになったのです。宿下りの折などにも会っていたようで、周りはいずれ千代さんがお暇をいただいて、広吉さんと夫婦《めおと》になるものと思っていました」

「そううまくはいかなかったってわけですね」

「千代さんが心を決めようというころだったと思います。たまたま庭の手入れをしている植木屋にお茶を出す千代さんを、上様がお目にとめられ……。千代さんは必死で辞退したのですが、上様に逆らうことはできません。その夜、千代さんは上様に召されて……」

と、千草は目を伏せた。「そして、千代さんは紫の方様になられたのです」

「それは……広吉さんはさぞ辛《つら》かったでしょうね」

「はい。でも、広吉さんはいつもの通りに明るく振る舞っていましたが……。奥女中の中に、広吉さんと以前の千代さんの仲を告げ口する者がいまして」

と、千草は小さく首を振って、「紫の方様がご懐妊あそばして、大奥の中では紫の方様への妬《ねた》みや恨みが凄《すさ》まじく、その一派の意を受けた侍が、広吉さんを抱き込もうと、お城から下る広吉さんを待っていたのです。——私はその話を聞きつけて、物かげからその様子をうかがっていました」

「それで?」

「広吉さんは相手にしませんでした。それだけでなく、何だか見知った人でもあるかのように、その侍をじっと見つめていたんです」

「その侍というのは?」

「谷市ノ進《たにいちのしん》という者です」

次郎吉は小袖とちょっと目を見交わして、言った。

「——雨の夜に男が一人斬られましたが、広吉さんはその死体を、兄だと言って引き取りました」

「それは広吉さんと千代さんの間の文を運んでいたりした、広吉さんの幼なじみでしょう。お店で働いていたのではないのですが、広吉さんが使い走りに使っていたようです」

「なるほど。斬ったのは、すると……」

「谷市ノ進か、その雇った浪人でしょう」

「浪人を雇って、どうしようと？」

「この度のご法事は、上様の代参。ですが、行列につくのは谷市ノ進とその配下なのです」

「じゃあ……」

「いずこかで、紫の方様を殺すつもりでしょう。谷市ノ進自ら手を下すわけにはいきませんから、浪人たちに斬らせ、自分たちはかすり傷で取り逃したと……」

「分っていて、どうしようもないのですか」

と、小袖は訊いた。

「私は申し上げました。上様とご寝所でお二人になられたときに、上様にじかに訴えられるように、と。でも……」

「だめなんですか」

「大奥のもめごとに、上様は口をお出しにはなりません。ともかく――面倒なことのお嫌いな方なのです」

「いいご身分だ」

と、次郎吉は腕組みをした。

「それに……紫の方様は、もう疲れ切っておられます。ご自分のせいでもないことで、お命まで狙われて……」

「そうですね」

「ご法事のお寺に、広吉さんを呼んでいるのです」

「何ですって？」

「今、紫の方様のおすがりになるのは広吉さんしか……。広吉さんの腕の中で死にたい、と思っておられる。それが分るので、私はこうして参りました」

「しかし、千草さんとやら。俺と妹にどうしろと？」

と、次郎吉は言った……。


「こちらでお待ち下さい」

小坊主がお茶を出して、ペコンと頭を下げると出て行った。

本堂は、遠く木魚の音がして、香の匂いが漂っていた。

広い座敷に、紫の方はポツンと座っていた。

傍にいるのは千草だけだ。

「——あまりに静か過ぎます」

と、千草は周囲を見回した。

「静かでいい。あの大奥の静かさは、ピリピリと張りつめていますが、ここは心が落ち着く」

と、紫の方は言ったが、

「見て参ります」

と、千草は立って行った。

紫の方は目を閉じて、

「あの人がいる……。近くに、きっといる……」

と呟《つぶや》いた。

千草が戻ってくると、

「旦那様、どこかへお隠れ下さい。警護の者が一人もおりません」

と、切迫した声で言って、懐剣を抜いた。

「ここが私の死に場所なのですね」

「何をおっしゃいます！」

「千草。そなたまでが命を落とすことになりますね。許しておくれ」

「そんなお気の弱いことで——」

ガラッと襖《ふすま》が開いた。千草が身構える。

三方の襖が開いて、浪人が一人ずつ、立っていた。

「女二人か。——楽な仕事だ」

と、一人が笑って、刀を抜いた。

浪人の一人は刀を抜かずに、じっと足を止めて動かない。

「早く片付けよう。——西原、どうした」

「俺は手を引く」

と、西原は言った。

「好きにしろ。お前の三十両も俺たちで分けるぞ」

と言って、刀を振りかぶる。

そのとき、天井から一つの影が音もなく下りて来た。

同時に小太刀《こだち》が空を切って飛んだ。

次郎吉の短刀が浪人の一人を斬り、小袖の小太刀がもう一人を貫いていた。

「——あなたか」

西原が息を吐いて、「言われた通りだ。剣はこんなことに使うものではない」

「お引き取りなさい」

と、次郎吉は言った。「侍に見付かると厄介ですぜ」

「千代さん」

小袖が駆けて来て、「死んじゃいけない」

「小袖さん……」

次郎吉は小太刀を死体から抜いて血を拭《ぬぐ》うと、

「寺の中でこの有様だ。じき、寺社奉行配下の捕手がやって来ます。ついて来た侍たちはただじゃ済みますまい」

「ありがとうございました」

と、千草が両手をついた。

「千代さん……。達者でね」

「小袖さん、私は——」

「生きていなきゃ！　辛《つら》くても、生きていれば、きっといいこともあるわ」

紫の方は畳に片手をついて、はらはらと涙を落とした。

「——何ごとだ！」

と、侍が一人、本堂からやって来た。

「谷殿、どこにおられた」

と、千草がにらんで、「この浪人者たちを見逃されたのか」

「怪しい者たち！」

と、谷が刀を抜く。

「そっちのほうがよほど怪しい」

と、次郎吉は言った。「あんたに用のある人がいるぜ」

広吉が立っていた。

「貴様……」

「広吉さん、この刀で」

次郎吉は死んだ浪人の刀を取り上げて、投げた。「これを使えば、こいつは浪人に斬られて死んだことになる」

「ありがとう」

広吉は刀を持ち直すと、「谷市ノ進。——その顔は忘れないぜ」

と言った。

「何だと?」

谷は後ずさると、「誰か!——早く来い!」

と、大声で呼んだ。

「むだですよ」

と、小袖は言った。「小坊主さんにことづけたんで、他のお侍さんたちは、山門の辺りでお待ちです」

「お前らは……」

「申し遅れましたね。〈鼠〉ってケチな野郎でね」

「あなたが！」

と、広吉は目をみはった。「なるほど、ただ者ではないと思っていました」

「後はお任せしますぜ」

次郎吉は小袖を促して、寺の庭へと下りて行った。


行列は、厳重な警護の下、寺を出て城へと戻って行った。

見送った次郎吉たちの方へ、駕籠《かご》に付き添った千草が小さく頭を下げた。

「――これで良かったのかしら」

と、小袖が言った。

「さあな。先のことは誰にも分らねえ」

と、次郎吉は肩をすくめた。

広吉が二人の方へやって来た。

「お世話になりました」

「いいえ。ご無念は――」

「妹の恨みは晴らしてやりました」

広吉は行列を見送って、「あの方はもう手の届かない所へ行ってしまった」

「あんたにゃ、お店が待ってますぜ」

「そうでした！　急いで店に戻らねば」

広吉はあわただしく一礼して、小走りに駆け出して行った。

了

解説

縄田一男

私はかつて赤川次郎さんが「朝日新聞」夕刊に連載していた『三毛猫ホームズと劇場に行こう！』をいつも楽しみにしていた。この連載は、文字通り、赤川さんが、映画、歌舞伎、文楽、人形浄瑠璃《じょうるり》、観劇、オペラ等、さまざまな劇場へ足を運んで、卓見を披露するというもので、私などは、その解釈の面白さから目からウロコが落ちることもしばしばであった。

そして、さらにいえば、これらの芸能を論じて実に分かりやすい――恐らく初心者が読んでも興味津々、全体として縦横無尽の入門書としても最適なのである。

加えて入門書といえば忘れられないのが、小学館文庫に収録されている『赤川次郎の文楽入門～人形は口ほどにものを言い』である。文楽は、古典芸能の初心者が観たら決して分かりやすいものとはいえないだろう。しかしながら、これがひとたび赤川さんの手にかかると、実に面白そう、ぜひ一度は観てみたいと思わせるのだから舌を巻く。

そしてこれは私ごとながら、以前、赤川さんの『手首の問題』という中篇を雑誌掲載のときに読み、何らかの既視感をおぼえつつも、この作者の作品にしては残酷だな、とそれだけですましていたら、何と、某文楽を踏まえたものだと種明しされているではないか――。

穴があったら入りたい、というのはこのことである。

では何で私が赤川さんと古典芸能とのかかわりを記しているのか、というと、本書『鼠、闇に跳ぶ』(平成二十二年三月、角川書店より単行本刊)の主人公、鼠小僧次郎吉も、実在の人物ながら、そうした古典芸能を通して虚構化されていったヒーローだったからである。

では、実在の鼠小僧はどのような人物であったかというと、生まれは確かではなく、宮崎成身が三十年以上にわたって作成した雑誌『視聴草《みききぐさ》』によれば、文政《ぶんせい》六年(一八二三)以来、十年間に九十九カ所の武家屋敷に百二十二度も忍び込み、金三千両余りを盗んだ。それらの金を酒食や遊興、博奕《ばくち》などに費やし、天保《てんぽう》三年(一八三二)、獄門となっている。

それでは、あの盗んだ金を貧乏人たちにバラまいて――という話はどうなったのかといえば、こちらが虚構化された部分である。

これがいささかややこしいのだが、まず、実録本――この実録本というのが曲者《くせもの》で、たいてい実録から遠いので困ってしまいます――『鼠小僧実記』というものがあり、この中では何と、別に実在した盗賊、稲葉小僧の物語をプラスして話がつくられているのである。そして、ここから、鼠小僧は、いわゆる義賊として虚構化されるようになる。描かれているのは、江戸末期の大名の放漫ぶりと庶民の困窮であり、その間にあって、鼠小僧は、庶民のヒーローとして活躍することになるわけだ。

さらに、〝泥棒伯円〟と呼ばれるほど白浪物――昔の中国の盗賊・白波賊の名にちなんで、泥棒を主人公とした物語をこう呼びます――の講釈の得意だった、二世松《しょう》林《りん》伯円が『緑林《みどりがはやし》五漢録――鼠小僧』という演目にし、さらにこれをもとにして、河竹黙阿弥の歌舞伎『鼠小紋東君新形《ねずみこもんはるのしんがた》』がつくられることに。

そして昭和に入ってからも、大佛次郎はじめ多くの作家が鼠小僧を題材にして小説を書き、映画化、TV化作品も次々つくられ、その最新のところに赤川作品が位置している、ということになる。

そして、赤川さんは、次郎吉を古臭い義賊としては扱っていない。この連作の第一弾『鼠、江戸を疾る』(角川文庫)の第一話「鼠、起つ」の次のくだりを御覧いただきたい。

月明りの下、江戸の町を見下ろす高台の屋敷の屋根に、次郎吉は腰をおろしていた。

江戸は寝静まっている。

こんな時刻に出歩いているのは野良猫か、それとも〈鼠〉。

しかし――俺は何をしているんだ。

たかが一介の盗賊に過ぎないくせに、「正義」とやらにこだわって、一文にもならない仕事をしたりしている。

いかにも馬鹿げたことではないか。

次郎吉は、月光を受けて果しなく続く甍《いらか》の波を、こうしてただ眺めているのが好きだった。小さいころから、暇があればよく屋根に上ったものだ。

それがまさか「商売」になろうとは、思ってもいなかったが。

しかし、今も時々次郎吉は思うことがある。自分が盗人稼業をやめないのは、こうして夜の江戸の町を見下ろすのが好きだからかもしれない、と。

もちろん捕手に追われているときに、そんな悠長な真似はしないが、目当てのものを盗み出し、早くその場を離れた方がいいと分っていながら、この光景に思わず見とれてしまうことがあるのだ……。

見渡す限りの、この屋根の下には、江戸町民の喜怒哀楽が、日々の暮しがあるのだ。その一つ一つに思いをめぐらせ、ささやかな家族の幸せを見るのが、次郎吉は何よりも好きだった。

武士の名誉だの意地だの、そんな下らないものとは係りない、名もない人々。

自分もその一人に過ぎない。

ただ違うのは、自分が〈鼠〉という名を持っていること。――自分で名のったのではないが、いつしか人にそう呼ばれるようになったのだ。

これが俺の生きる町、俺の故郷だ。


次郎吉のこんな思いを表すのに正にうってつけのことばがある。

それを人は、

――心意気
という。

いかにも赤川さんらしいすがすがしいヒーローの誕生ではないか。

本書はその第二弾。全部で七つの冒険が収められているが、巻頭の一作「鼠、八幡祭に断つ」で描かれている〝永代橋崩落〟は、実際にあった事件。崩落の原因は、作品にある通りで、文化四年（一八〇七）八月十九日、雨天で延びた深川八幡祭礼に、群集が一時に橋を渡ろうとしたために起こった。

このように、赤川さんは次郎吉の活躍をきちんと史実の中に組み入れていることが分かる。

危うく難を逃れた次郎吉の妹小袖だが、財布を抜こうとした娘を捕えたことから、その娘の姉が、崩落の犠牲者を装って殺されたことが分かり、とんでもない悪党が転がり出ることになる。

そして悪党といえば、この連作には、結構な極悪人が登場するケースが多いといえはしまいか。これは一つには、赤川さんが、歌舞伎においては、悪の魅力が一つの見どころとなっていることを踏まえているからであろう。

憎たらしい色悪から御家乗っ取りの極悪人、そして、主役でいえば、悪のダンディズムを発揮するお数奇屋坊主の河内山宗俊等々、それこそ数えていったらきりがないほどだ。

だいいち、この連作の主人公、次郎吉も、どっちだといわれれば、法に反する側にいるのだから——といっても、悪をもって悪を制しているのは御覧の通り。

そして、とんだ馬鹿殿登場の「鼠、成敗し損なう」を経て、集中、話が最も大がかりな「鼠、美女に会う」の悪党は、鼠ならずとも、ちょいとばかり許し難い、といわざるを得ない。何しろ、たった一つの嘘を揉《も》み消すために村全体を——。オットット、未読の方のためにこれ以上は書かないが、この挿話など赤川さん以外の作家が書いたら凄《すさ》まじいまでの地獄絵図となるだろう。赤川さん独特の向日性のある文体だから、かろうじて救いがあるのだといえよう。

この他、鼠vs.猫の対決が、女の一念の中に一抹のユーモアを生む「鼠、猫に追われる」や、現代にも通じる家族崩壊の物語「鼠、とちる」、さされない夫婦傘の物語「鼠、傘をさす」など、時代小説は大人でも敷居が高いと思っている読者が多い中、赤川さんは、分かりやすく、かつ、達意の文章を操って、これなら、かなり年若の読者でも、ぐいぐいひき込まれずにはいられないストーリーを展開していく。

そしてこの一巻の中で、私が最も感銘を受け、恐らく、折に触れて思い出すであろう作品が、「鼠、夜にさまよう」である。この作品の中では、宿命に泣く姉妹が、鼠が、さらには多くの酬《むく》われることのない人々の魂が、文字通り、夜にさまよっているのである。

そして、赤川さんは、決して鼠をスーパーヒーローとして書こうとはしていない。彼にも限界があり、世の中にはどう地団駄を踏んでもどうしようもないことがある。それでも恐らく彼は〈正義〉という奴にこだわって、これからも江戸町民の喜怒哀楽にかかわっていくに違いないのだ。この作品のラスト
二人は笑って、

「では……」

互いの手首を紐でゆわえて、二人は深々と頭を下げ、森の中へと――まるで子供が遊びに出かけるように楽しげに、消えて行った……。（傍点引用者）

を読んで私は落涙を禁じ得なかった。

この世の中で本当に守られなければならないのが、何の権力にも守ってもらえず、爪に火を灯《とも》すように、その日その日を懸命に生きている人たちでなくてどうするのだ――。

赤川さんは決して口を荒げてそのことを主張はしない。だが、その代わりに、次郎吉は、鼠は、敢然として立つ。私たちも、その姿を、これからも見守っていこうではないか。

本書は二〇一〇年三月、小社より単行本として刊行されました。

鼠《ねずみ》、闇《やみ》に跳《と》ぶ

赤《あか》川《がわ》次《じ》郎《ろう》

平成24年 6月25日　初版発行
令和7年 1月25日　11版発行

発行者●山下直久

発行●株式会社KADOKAWA
〒102-8177　東京都千代田区富士見2-13-3
電話　0570-002-301(ナビダイヤル)

角川文庫 17449

印刷所●株式会社KADOKAWA
製本所●株式会社KADOKAWA

表紙画●和田三造

●お問い合わせ
https://www.kadokawa.co.jp/（「お問い合わせ」へお進みください）
※内容によっては、お答えできない場合があります。
※サポートは日本国内のみとさせていただきます。
※Japanese text only

ISBN978-4-04-100242-1　C0193

角川文庫発刊に際して

角　川　源　義

第二次世界大戦の敗北は、軍事力の敗北であった以上に、私たちの若い文化力の敗退であった。私たちの文化が戦争に対して如何に無力であり、単なるあだ花に過ぎなかったかを、私たちは身を以て体験し痛感した。西洋近代文化の摂取にとって、明治以後八十年の歳月は決して短かすぎたとは言えない。にもかかわらず、近代文化の伝統を確立し、自由な批判と柔軟な良識に富む文化層として自らを形成することに私たちは失敗して来た。そしてこれは、各層への文化の普及滲透を任務とする出版人の責任でもあった。

一九四五年以来、私たちは再び振出しに戻り、第一歩から踏み出すことを余儀なくされた。これは大きな不幸ではあるが、反面、これまでの混沌・未熟・歪曲の中にあった我が国の文化に秩序と確たる基礎を齎らすためには絶好の機会でもある。角川書店は、このような祖国の文化的危機にあたり、微力をも顧みず再建の礎石たるべき抱負と決意とをもって出発したが、ここに創立以来の念願を果すべく角川文庫を発刊する。これまで刊行されたあらゆる全集叢書文庫類の長所と短所とを検討し、古今東西の不朽の典籍を、良心的編集のもとに、廉価に、そして書架にふさわしい美本として、多くのひとびとに提供しようとする。しかし私たちは徒らに百科全書的な知識のジレッタントを作ることを目的とせず、あくまで祖国の文化に秩序と再建への道を示し、この文庫を角川書店の栄ある事業として、今後永久に継続発展せしめ、学芸と教養との殿堂として大成せんことを期したい。多くの読書子の愛情ある忠言と支持とによって、この希望と抱負とを完遂せしめられんことを願う。

一九四九年五月三日

角川文庫ベストセラー

鼠、狸囃子に踊る　赤川次郎

女医の千草の手伝いで、一人でお使いに出かけたお国。帰り道に耳にしたのは、お囃子の音色。フラフラと音が鳴る方へ覗きに行ったはいいが、人っ子一人、見当たらない。次郎吉も話半分に聞いていたが……。

鼠、滝に打たれる　赤川次郎

「縁談があったの」鼠小僧次郎吉の妹、小袖がもたらした報せは、微妙な関係にある女医・千草と、さる大名の子息との縁談で……恋、謎、剣劇――。胸躍る物語の千両箱が今開く！

鼠、地獄を巡る　赤川次郎

昼は甘酒売り、夜は天下の大泥棒という2つの顔を持つ鼠小僧・次郎吉。妹の小袖と羽を伸ばしにやってきたはずの温泉で、人気の歌舞伎役者や凄腕のスリに出会った夜、女湯で侍が殺される事件が起きて……。

鼠、嘘つきは役人の始まり　赤川次郎

江戸一番の人気者は、大泥棒〈鼠〉か、はたまた与力〈鬼万〉か。巷で話題、奉行所の人気与力、〈鬼の万治郎〉。しかしその正体は、盗人よりもなお悪い!?　謎と活劇に胸躍る「鼠」シリーズ第10弾。

今日の別れに　赤川次郎

男と女のあわい恋心が、やがて大きなうねりとなって、静かな狂気へと変貌していく。過去の記憶の封印が、いま解かれる――。ファンタジックホラーの金字塔、待望の新装版。

角川文庫ベストセラー

黒い森の記憶　赤川次郎

森の奥に1人で暮らす老人のもとへ、連続少女暴行殺人事件の容疑者として追われている男が転がり込んでくる。人嫌いのはずの老人はなぜか彼を匿うことにして……。

スパイ失業　赤川次郎

アラフォー主婦のユリは東ヨーロッパの小国のスパイをしていたが、財政破綻で祖国が消滅してしまった。入院中の夫と中1の娘のために表の仕事だった通訳に専念しようと決めるが、身の危険が迫っていて……。

ひとり暮し　赤川次郎

大学入学と同時にひとり暮しを始めた依子。しかし、彼女を待ち受けていたのは、複雑な事情を抱えた隣人たちだった⁉　予想もつかない事件に次々と巻き込まれていく、ユーモア青春ミステリ。

目ざめれば、真夜中　赤川次郎

ひとり残業していた真美のもとに、刑事が訪ねてきた。ビルに立てこもった殺人犯が、真美でなければ応じないと言っている――。様々な人間関係の綾が織りなすサスペンス・ミステリ。

台風の目の少女たち　赤川次郎

女子高生の安奈が、台風の接近で避難した先で巻き込まれたのは……駆け落ちを計画している母や、美女と帰郷して来る遠距離恋愛中の彼、さらには殺人事件まで！　少女たちの一夜を描く、サスペンスミステリ。

角川文庫ベストセラー

三毛猫ホームズの戦争と平和　赤川次郎

親戚の法事の帰り、道に迷ったホームズ一行は、車の大爆発に遭い、それぞれ敵対する別々の家に助け出される。しかも、ホームズは行方不明になってしまい……争いを終わらせることができるのか⁉　第39弾。

三毛猫ホームズの卒業論文　赤川次郎

共同で卒業論文に取り組んでいた淳子と悠一。しかし論文が完成した夜、悠一は何者かに刺されてしまう。二人の書いた論文の題材が原因なのか。事件を追う片山兄妹にも危険が迫り……人気シリーズ第40弾！

三毛猫ホームズの降霊会　赤川次郎

霊媒師の柳井と中学の同級生だった片山義太郎は、妹・晴美、ホームズとともに3年前の未解決事件の被害者を呼び出す降霊会に立ち会う。しかし、妨害工作が次々と起きて——。超人気シリーズ第41弾。

三毛猫ホームズの危険な火遊び　赤川次郎

逮捕された兄の弁護士費用を義理の父に出させるため、美咲は偽装誘拐を計画する。しかし誘拐犯役の中田が連れ去ったのは、美咲ではなく国会議員の愛人だった！　事情を聞いた彼女は二人に協力するが……。

三毛猫ホームズの暗黒迷路　赤川次郎

ゴーストタウンに潜んでいる殺人犯の金山を追跡中、笹井は誤って同僚を撃ってしまう。その現場を金山に目撃され、逃亡の手助けを約束させられる。片山兄妹がホームズと共に大活躍する人気シリーズ第43弾！